항해일지

정용탁 저

 하이비전

항 해 일 지

초판 1쇄 인쇄 2022년 4월 15일
초판 1쇄 발행 2022년 4월 22일
저자 : 정용탁
교정 / 편집 : 이수영 / 김현미
표지 디자인 : 김보영
펴낸이 : 서지만
펴낸곳 : 하이비전
신고번호 : 제 305-2013-000028호
신고일 : 2013년 9월 4일
주소 : 서울시 동대문구 하정로 47(신설동) 정아빌딩 203호
전화 : 02)929-9313
홈페이지 : hvs21.com
E-mail : hivi9313@naver.com

ISBN 979-11-89169-67-1 (03810)

값 : 12,000원

항해일지

머리말

봄비가 내리면 새싹이 돋아나고, 가을비가 내리면 낙엽이 진다. 자연의 섭리다. 시간도 마찬가지, 어릴 때는 지독히도 느리기만 하던 시간이 나이를 먹으면 화살같이 빨라진다. 누구도 거스를 수 없는 삶을 바라보는 이치다.

시간 아까운 줄 모르고 어영부영 지내다 보니 청춘을 이야기하며 지새운 밤이 엊그제 같은데, 어느덧 살아갈 날은 한 토막 한 토막 줄어들고 지나간 날들은 아득히 멀어진다. 사는 게 다 그렇다지만 내리막으로 들어서니 점점 빨라지는 세월의 가속도를 실감한다.

멈출 수 없을 만큼 빠르게 돌아가는 세월의 시곗바늘에 얹히고 나서야 앞만 보고 달려온, 허망하게 지나간 시간이 야속하고 아쉽다. 그나마 기억의 한 귀퉁이에 점점이 박혀있는 기억의 조각들마저 세월이란 빗물에 씻겨 낙엽처럼 떠내려가기 전에 한 데 모아 어설프나마 앞날을 담을 조그만 그릇으로 빚어본다.

긴 시간 동안 책이 만들어질 수 있도록 도움을 주신 은아해운 대표님과 응원을 보내준 친구들께 감사드립니다.

정용락

1장

항해일지

2장

어느 바보의 일기장

제1장

항해일지

1. 출항, 바다가 부른다

바다는 상상만으로도 마음을 설레게 한다.
눈이 시리도록 발산하는 푸르름과 무지개처럼 가도 가도
잡히지 않는 수평선.
무엇을 품고 있는지 가늠할 수 없는 심오함과
예측을 뛰어넘는 무쌍함.
상상하는 순간, 바다는 나를 사로잡는다.

레일의 이음새를 넘으며 카당이는 금속성 울림의 주기가 점점
더 길게 늘어진다. 서서히 줄어드는 열차의 속도감이 전신의 신경
을 자극하며 기분 좋게 조여들었다. 과거와 미래를 오가던 몽상의
날개를 접고 현실로 돌아와 눈을 떴다. 정신을 가다듬고 습관처럼
창밖으로 고개를 돌리니 창가에 드리운 희뿌연 하늘이 동트기
직전, 새벽이 열리고 있다는 신호를 보낸다.

찌뿌둥한 몸과 마음을 추스르기도 전, 열차는 긴 꼬리를 안개
섞인 여명에 감추고 찢어지는 마찰음을 토해내며 부산역에 멈춰섰
다. 언제나 그렇듯 제일 먼저 반기는 이는 코끝을 간질이는 바닷내

음. 승강장에 내려서면 상쾌한 새벽바람에 실려오는 비릿한 바다 냄새가 야간열차의 밤 샌 고단함을 씻어내린다.

또 하나의 항해는 이렇게 시작된다.

갱웨이(gangway)를 오르는 나를 먼저 본 당직자가 현문으로 다가와 살갑게 맞아주었다. 재밌게 보내다 왔냐는 인사에 더하여 하역작업이 마무리 단계라 오늘 중으로 출항할 것 같다는 귀띔도 잊지 않았다.

얼핏 데크를 둘러보았다. 끝마무리라 그런지 한창 작업 중일 때 수많은 인부들로 붐비던 분주한 모습은 찾을 수 없다. 한산한 데크를 보니 출항이 멀지 않았음을 실감한다. 괜스레 마음이 뒤숭숭하다. 꼭히 챙겨야 할 미련이 남은 것도 아닌데 가슴 한구석이 텅 비어가는 바구니처럼 휑하다.

'이제는 잊어야지 아름다운 시간들…' 무심히 떠오르는 유행가를 공허하게 흥얼거리며 선내로 들어섰다. 발전기 돌아가는 기계음이 좁은 통로를 타고 은은한 울림으로 다가왔다. 소음이라고 하기엔 너무 친숙한 음향이다. 승선 중에는 24시간 동안 한시도 귓가를 떠나지 않는 생활의 일부다. 그래 이제 또 다시 바다로 나가야 할 시간이지. 발전기 소리가 현실을 일깨웠다.

하역작업이 끝나면 바로 출항이니 다음 항해를 준비해야 한다. 침실에 가방만 던져놓고 서둘러 선교로 올라갔다. 조타실로 들어서니 선장의 옆 모습이 먼저 보인다. 해도 몇 장을 차트 테이블에 올려놓고 디바이더로 거리를 재고 있다. 다른 한 손에는 창문을 비집고 들어온 바람에 나풀거리는 긴 전문이 들려있었다. 다음 항차가 정해졌다는 증거들이다.

"왔나?"

남도 특유의 간단하고 거칠고 무뚝뚝한 사투리도 익숙해지니 나름대로 정겹다.

선장이 싱긋 웃으며 진문을 내밀었다. 선장도 오늘 아침에야 전문을 받았다고 한다. 전문을 보니 호주 번버리에서 알루미나라는 위험한 광물을 싣고 캐나다 퀘백까지 가는 길고도 쉽지 않은 여정이다. 지구 남쪽 끝에서 북쪽 끝까지 남북을 오르내리는 항해, 한 항차에 사계절을 두 번이나 겪는 흔치 않은 여정이다. 선장이 전문을 건네며 지은 미소의 의미를 알 것 같다.

출항이 눈앞이라 세세한 부분까지 아우르는 운항계획을 세우기에는 시간이 촉박하다. 그렇다고 준비된 해도 없이 바다로 나갈 수는 없다. 항해는 아무런 계획 없이 배낭 하나 둘러메고 떠나는 무전여행이 아니다. 목적항을 향해 설정된 항로를 따라 정확한 변침점과 코스라인이 그려진 해도가 있어야 정상적인 항해가 이루어진다. 촉박한 시간을 탓하며 얼렁뚱땅 넘어가서도 안 된다. 조급함을 떨치고 순서에 따라 예측되는 모든 상황을 면밀히 고려하여 차근차근 준비해야 순탄한 앞날을 보장받는 중요한 절차다.

차트 테이블 위에 해도를 펼쳤다. 수심과 고도를 표시한 수많은 점과 선이 눈에 들어온다. 점과 선뿐인 종이 한 장, 이 볼품없는 한 장 한 장이 모여 앞으로 마주할 긴 항해의 길잡이가 될 것이다.

해도를 대하는 짧은 순간, 항상 그러하듯 오늘도 수많은 생각이 머릿속을 스친다. 항해는 우리의 인생과 평행하는 동일한 여정, 오늘처럼 새로운 항해를 앞두고 새로 펼친 해도에 항행루트를 설정하고 코스라인을 그릴 때면 우리의 삶과 너무도 닮았다는 생각을 곱씹는다.

선박이 계획된 해도를 가지고 바다로 나가듯, 사람도 마음속에 그려진 인생의 지도가 필요하다. 하나의 변침점을 지나면 다음 변침점을 향해 나가기를 반복하며 항해가 완성되는 것과 마찬가지로 우리의 삶도 목표 하나를 이루었다고 해서 막을 내리는 게 아니라 그 너머, 더 큰 목표를 향해 또 다시 걸어가는 과정의 연속이다. 인생은 길고 험난한 여정이기에 때로는 고난도 만나고 때로는 길을 잃고 방황하거나 잘못된 방향으로 들어서는 우를 범하는 경우가 허다하다. 마음의 지도는 이럴 때 필요하다. 꺼내보며 초심을 되새기고 새로운 마음가짐으로 올바른 길을 모색하는 지침이다. 물론 세상사가 모두 계획대로 이루어지는 것은 아니지만, 그래도 길잡이가 있어야 준비하고, 실행하고, 반성하며 보다 나은 방향으로 삶의 궤도를 수정하며 궁극의 목표를 향해 정진할 수 있다.

'인생의 지도를 가슴에 새기고 살아야 한다'는 말은, 인간사는 하늘의 뜻에 달렸다는 맹자나, 모든 일은 우연히 일어난다는 왕충의 관점에서는 허무맹랑하게 들릴지도 모른다. 하지만 실수를 안고 사는 인간이기 때문에 삶에 대한 목표와 계획이 확고하지 못하면 미래를 멀리 보지 못하고 눈앞의 이익과 본능에 매몰되기 쉽다. 이런 근시안적인 생활 태도는 일시적인 쾌락과 희열을 맛볼 수는 있겠지만 종국에는 삶의 방향을 잃고 침몰의 나락으로 빠져들기 십상이다. '잘 되겠지'하는 막연한 기대에 부풀어 하루하루를 무의미하게 흘려보내면 삶이라는 나무는 자라지 못한다. 궁극의 목표를 향한 구체적인 계획을 세우고 그에 걸맞는 노력을 기울여야 유의미한 삶의 튼실한 열매를 얻는다.

항로를 따라 차례대로 변침점을 정하고 코스라인을 그리는 데 집중하니 어느 순간 상륙의 후유증으로 남아있던 잡념이 모두 사라졌다. 다시 항해사의 일상으로 돌아온 것이다.

얼마나 시간이 흘렀을까. 아래층이 꽤나 시끄럽다. 밖으로 나갔던 선원들이 출항시간에 맞춰 한꺼번에 승선하며 생기는 자연스러운 소란으로 출항이 임박했음을 알리는 예고다. 당장 필요한 해도의 정리는 마쳤으니 급한 불은 껐다는 여유가 생겼다. 윙 브릿지로 나가 갑판을 내려다보았다. 다른 선창의 하역작업은 이미 끝나 해치커버가 닫혔고 마지막 하나 남은 선창도 마무리 작업이 순조롭게 진행 중이다. 바다로 나갈 시간이 다가온다. 출항시간이 코앞임을 직접 눈으로 확인하니 형체 모를 아쉬움이 또 다시 밀려왔다. 조금 전 차트 테이블 위에 다 털어버렸다고 생각했는데, 아니었나보다.

항구에서의 시간은 화살같이 빠르게 지나간다. 어제 입항한 것 같은데 어느덧 출항할 시간이다. 배에 올라왔던 육상관계자들이 모두 하선하고 부두에 내려졌던 갱외이가 철수되었다. 이제 배는 육지와 단절된 독립체다.

"올 라인 렛 고(All line let go)"

선교의 지시에 따라 모든 홋줄이 풀리면 배는 미끄러지듯 부두에서 멀어진다. 뱃머리가 바다를 향하자 예인선이 떨어지고 배는 서서히 속력을 올렸다. 새로운 항해의 첫걸음을 뗀 것이다. 육지에 대한 미련은 털어야 할 시간이다.

대양항해에 대비한 선미갑판의 정리를 담당 조타수와 선원들에게 맡기고 선교로 올라갔다. 배는 이미 내항방파제를 벗어나 육지와 점점 멀어진다. 선수 좌우로 오륙도와 아치섬이 보이고 뒤로는 대청공원 아래 산복도로의 가로등이 하나둘 불을 밝히기 시작했다. 내항을 빠져나오자 도선사가 하선하였다. 이제부터는 우리들만의 항해가 기다린다. 누구의 도움도 없이 마주치는 모든 난관을 스스로 극복하며 목적한 항구에 입항할 때까지 앞만 보고 전진해야 한다.

윙 브릿지로 나와 잠시 뒤를 돌아보았다. 어느새 소리 없이 내려앉은 어둠 속에서 화려하게 빛나는 부산항의 불빛이 눈길을 사로잡는다. 점점 멀어지는 항구의 불빛이 또 한 번 아련한 파동을 일으킨다. 우현으로 스쳐 지나는 아치섬의 등대는 학창시절의 수많은 추억을 잊었는지 못내 아쉬움에 울리는 긴 기적소리를 외면한 채 무심히 깜박인다.

젊음의 추억이 점점이 박힌 도시를 뒤로하니 만감이 교차하지만 지금은 항해에 집중해야 할 때, 지난날의 감상에 젖어있을 여유가 없다. 해도실로 돌아와 당장 필요한 해도를 다시 한 번 점검했다. 계획된 항로에 따라 차례대로 해도를 정리하던 어느 한 순간, 배의 흔들림이 사뭇 다르게 느껴진다. 외해로 접어들었다는 신호다. 서둘러 정리를 마치고 해도실을 나왔다. 어둠에 잠기는 뱃머리로 하얗게 부서지는 파도기 긴 여정 잘 다녀오라고 손을 흔든다.

새로운 세상에 대한 기대와 설렘, 그러면서도 근원과 실체를 알 수 없는 막연한 두려움은 출항할 때마다 변함없이 내 마음에 잔잔한 파문으로 다가온다.

2. 가자! 수평선을 향하여

바다가 손짓한다.
갈 길이 머니 어서 가자고, 찰랑이며 재촉한다.
걸음마다 밟히는 하얀 포말 위로 눈부신 햇살은
유리알처럼 흩어지고
스쿠루의 거친 물보라가 파란 도화지에 하얀 발자욱을 남기며
바다를 간다.

바다는 잔잔하고 항해는 순조롭다. 온 천지가 온통 푸른색으로 물들었다. 눈에 드는 것은 푸른 바다와 파란 하늘이 만나는 수평선뿐, 수평선 너머로 어렴풋이 떠돌던 육지의 그림자도 자취를 감춘 지 오래다.

촉박한 출항시간에 밀려 미뤄두었던 해도정리를 모두 마치니 마음이 한결 홀가분하다. 물론 번버리에서 퀘벡까지의 항해계획도 세워야 하고 차트 테이블 위에는 아직 펴보지도 못한 수로고지가 수북이 쌓여 있지만 이는 앞으로 긴 항해를 하는 동안 차근차근 보정하면 될 일이다.

코스라인을 따라 차례대로 정리된 해도를 주섬주섬 항해용 서랍장에 밀어넣고 선박의 좌표와 침로를 확인했다. 선박은 코스라인 상에서 계획된 침로를 따라 정상적으로 항해 중이다. 오가는 배도 보이지 않으니 이제는 여유로운 항해를 즐겨도 좋을 시간이다.

"다 끝냈으면 커피 한잔하소."

홀가분하게 돌아서는 나를 본 조타수가 커피잔을 내밀었다. 차트 정리를 마무리 지은 거 같으니 자기는 데이워크 팀과 일하러 데크로 내려가겠단다. 하긴, 외해로 나와 자동조타로 운항 중이니 굳이 조타실에 머무를 이유가 없다. 하는 일 없이 바다만 바라보며 보내는 네 시간 동안의 당직이 조타수로서는 꽤나 지루했을 터였다. 그러라는 말이 떨어지자 기다렸다는 듯 싱긋 미소를 지으며 야간당직 때 보자는 말을 남기고 조타실을 나섰다.

혼자 남아 커피를 홀짝이며 바다를 보았다. 찰랑이는 파도 위로 시리게 쏟아지는 햇살이 마치 처음 대하는 양 새로운 느낌으로 다가왔다. 하늘에선 듬성듬성 떠 있는 하얀 구름이 느릿느릿 흘러간다. 잠시 잊고 지내던 항해사의 일상이다.

혼자 하는 항해, 혼자 보내는 당직시간. 오랫동안 몸에 밴 익숙한 생활의 일부지만 오늘은 왠지 모르게 약간은 어색하고 낯설다. 그렇다고 외롭거나 답답한 것도 아니다. 그냥 꼭 집어 표현하기 힘든 뭔가 낯선 느낌이다. 며칠 전까지 부산에서, 고향에서 보낸 시간들이 너무 깊게 배여있어 여운의 꼬리가 아직도 남았나. 식어가는 커피 한잔으로 스스로를 위로하며 윙 브릿지로 나섰다. 찰랑이는 파도를 아우르며 남지나를 건너오는 바람이 시원하게 온몸을 휘감는다.

내게 있어 남지나는 평안을 안겨주는 바다다. 푸른 파도가 넘실대지만 거칠지 않고, 생기 넘치는 돌고래 무리가 이방인을 반기고, 파도 끝을 날아오른 날치들이 떼를 지어 수표면을 비행하는 생동감 넘치는 바다. 실습선에 승선하여 처음 마주한 남지나가 그랬다. 첫인상 때문인지 남지나 하면 무심결에도 상쾌하고 시원한 바람에 찰랑이는 파도의 하얀 포말이 선명하게 그려진다. 대양이라 하기엔 너무 작고 연안이라 하기엔 사방이 수평선뿐인 바다다운 크기, 마치 우거진 숲을 걷다 우연히 마주친 조그만 언덕에 키 작은 풀잎이 나부끼고 나비와 새가 날아드는 숨은 정원을 연상시킨다. 적어도 나에겐 그렇다.

윙 브릿지에서 내려다보는 남지나는 여전히 푸르고, 파도를 타고 노니는 돌고래는 오늘도 즐겁게 반겨준다. 언제든 찾아오면 반갑게 맞아주는 한없이 살가운 친구들이다.

데이워크 하겠다며 갑판으로 내려갔던 조타수가 다시 올라와 돌고래와 나누는 묵언의 대화를 깨트렸다. 그의 품에는 갈색이 점점이 박힌 하얀 비둘기 한 마리가 안겨있었다. 투박하게 그을은 두 손 사이로 고개를 내밀고 겁에 질린 동그란 두 눈으로 주위를 두리번거린다. 자세히 살피니 한쪽 다리에 숫자가 새겨진 파란 띠가 매여있다. 경주용 비둘기다. 먼 길을 가다 배를 만나 바닷바람에 지친 날개를 접고 잠시 쉬고 있었나 보다.

"망할 놈의 인간들…."

조타수는 비둘기를 내게 건네며 들어주는 상대도 없는 넋두리를 바람에 흘려보냈다. 콩닥이는 비둘기의 떨림이 손끝을 통해 전신으로 퍼져든다. 데크 한 구석에 웅크리고 앉아있는 비둘기를 외면하지 못하고 두 손으로 보듬으며 느꼈을 조타수의 감정이 그대로 이입되었다.

그는 서둘러 조타실로 들어가더니 조그만 그릇 하나를 가지고 나왔다. 어느새 준비했는지 주머니에서 콩을 한 움큼 꺼내 담아 내 앞에 내려놓았다.

"내 대신 물도 좀 가져다주고 잘 챙겨 먹여서 보내슈."

명령 같은 당부를 남기고 돌아서서 다시 주갑판으로 내려갔다. 무뚝뚝한 말투지만 정이 넘친다. 계단을 내려가는 살가운 뒷모습을 물끄러미 바라보았다. 둔탁한 어깨가 오늘따라 믿음직스럽다.

어렵사리 차지했을 비둘기의 식사 시간을 방해하고 싶지 않아 멀찌감치 떨어져서 바라보았다. 돌고래는 잠시 잊었다. '망할 놈의 인간들…' 무의식중에 조타수의 넋두리를 따라했다.

윙 브릿지의 내 자리를 제 것인 양 차지하고 식사를 즐긴 비둘기가 잠시 두리번거리더니 이내 자리를 박차고 날아올랐다. 활공하는 갈매기처럼 유연하지는 못해도 힘찬 날갯짓으로 하늘을 가른다. 가야 할 길은 멀고도 험할진대 목표가 있으니 망설임이 없다. 우리가 항구를 찾아 남지나를 건너듯 비둘기도 본능에 각인된 목적지를 향해 파도를 넘는다. 말없이 날아든 새 한 마리가 시린 햇살에 별똥별처럼 긴 여운을 남기고 한 점이 되어 수평선 너머로 빨려들었다.

　잠시 비둘기에게 내주었던 내 자리로 돌아와 난간에 기대어 바다를 바라본다.

　비둘기에게 빼앗겼던 남지나가 다시 찾아들었다. 돌고래 무리는 여전히 파도를 헤치며 뛰놀고, 돌고래의 아우성에 놀라 수면으로 날아오른 날치들은 미끄러지듯 파도의 끝자락으로 숨어든다. 투명한 햇살이 가득 내려앉은 바다에 거대한 스쿠루가 뿜어내는 거친 물보라가 기다란 발자국을 남기며 따라온다.

　오늘도 남지나에 파란 발자국을 새기며 한 걸음 한 걸음 대양을 향해 달려간다.

3. 코스라인, 꿈을 찾아 가는 길

무지개와 수평선,
눈앞에 있지만 잡을 수 없다. 욕심 때문에
그러나
천천히 눈을 감고 다가가면 어느 한 순간
바다와 하나 된 나를 보게 된다.

항해는 시간과 나의 싸움이다. 특히 하늘과 바다만 보이는 대양에서는 더욱 그렇다. 작은 공간에 스물셋이란 적지 않은 인원이 공존하지만 각자의 일상에 갇혀 지낸다. 부서가 다르고 당직시간이 다르면 며칠 동안 얼굴을 못보는 경우도 생긴다. 오늘도 대부분의 비당직자들은 각자의 선실에서 휴식을 취하고 지루함에 지친 선원 몇 명만이 갑판을 서성인다. 활기를 되찾으려면 해가 기울고 한낮의 열기가 식어야 한다.

오후당직이 지루해 질 무렵, 마침 조타실로 반가운 손님이 찾아왔다. 부산항에서 새로 승선한 새내기 선원이 조타실 문을 열고 들어섰다. 주뼛주뼛 망설이는 모습이 상큼하다. 고등학교를 졸업하고 실습선원으로 승선하여 첫 항해에 나섰으니 모든 게 낯설고 어색할 때다.

커피를 끓이는 잠깐 동안 묻지도 않은 자신의 신상 얘기를 먼저 꺼내들었다.

대학에 가고 싶었지만 형편이 어려워 돈을 벌며 공부해서 면허를 취득하려고 진학 대신 승선을 선택하였다고 한다. 고등학교를 막 졸업한 어린 나이에 관련 학교를 나왔으니 항해사에 대한 꿈을 키우는 것은 당연하다. 희망을 품고 공부를 한다는 자신감 때문일까? 당찬 어조에서는 자기의 결정에 대한 자부심도 살짝 눈에 비친다.

갓 승선한 선원이 아직 낯설기만 할 내게 말하기 어려운 개인사를 꺼내들 땐 나름의 이유가 배어있다.

"뱃일하며 공부하기가 힘들 텐데 괜찮아?"

집히는 바가 있어 커피를 한 모금 마시며 넌지시 넘겨짚어 먼저 물었다.

"생각보다 많이 힘드네요. 진도도 잘 안 나가고….."

당연한 대답이 돌아왔다.

커피잔을 만지작거리며 멋쩍게 웃는 얼굴엔 조금 전까지 가득하던 자신감도 자부심도 모두 지워졌다. 혼자 공부하려니 생각보다 이해하기 힘든 부분이 많으니 도와달라는 목소리엔 약간의 떨림이 섞여 나왔다. 당연한 과정이고 예상했던 일이다. 기꺼운 마음으로 받아들였다. 승선하는 동안 주말 오후에 선교로 올라와 공부했던 내용을 함께 점검하고 보충하기로 약속하였다.

덜렁 하자고는 말했지만 괜한 호기를 부렸나 싶은, 좀 더 알아보고 결정할 걸 하는 아쉬움이 남는다. 하지만 이미 결정한 뒤다. 우선 나부터 준비해야 하겠기에 무엇을 공부하고 있으며, 수준은 어느 정도인지 파악할 겸 가져온 책을 보여달라고 하였다. 기다렸다는 듯 옆에 끼고 있던 책 한 권을 내민다. 예상문제집이다. 시험을 앞두고 마지막으로 점검할 때 유용하게 쓰이는 책이다. 이 한 권뿐 다른 참고서는 준비하지 않았다고 한다.

　너무 조급하다. 아니 너무 앞서간다. 기초를 도외시하고 빨리 달리려는 조급증이 엿보인다.

　바다로 나가 길을 트고 방향을 인도하는 항해사로서 갖추어야 할 기본요건은 시험을 통과하기 위한 단순한 지식이 아니다. 항법의 근간을 이루는 기본원리의 이해에 바탕을 두어야 한다. 이는 선박에 견주면 감항성과 매한가지다. 감항 능력이 없는 선박은 바다의 위험을 헤치며 앞으로 나갈 수 없다. 안전이 보장되지 않기에 어떻게 효율적으로 운항할 것인가에 대한 고민은 차후의 문제다. 덜 다져진 땅 위에 부실한 주춧돌을 놓고 아무리 멋지게 집을 지은다 한들 풍파에 오래 견디지 못하는 것과 같은 이치다.

　기본원리를 이해하는 학습은 목적을 성취하기 위한 준비 단계로 어느 분야를 막론하고 간과해서는 안 되는 중요한 첫발이다. 그러나 직접 시간을 투자하고 정열을 쏟아야 하는 당사자의 입장에서는 자신이 원하는 결과물과의 인과관계는 멀어 보이고 그 효용성은 체감하기 힘들 정도로 미미하게 와닿는다. 반면, 학습하는 과정은

따분하리만큼 긴 시간과 부단한 노력을 필요로 하기에 괜한 시간낭비 같아 피하고 싶은 유혹에 현혹되어 뒷전으로 밀어두고 등한시 여기는 일들이 예사로이 일어난다.

견실한 기초를 다지려면 긴 시간과 부단한 노력은 불가결의 요소다. 조급함은 경계의 대상이고, 앞서 달리려는 유혹을 뿌리쳐야 하는 자신과의 싸움이다. 빨리 목표에 다다르려는 조급함으로 대하면 본질과 줄기를 간과한 채 눈에 보이고 손에 잡히는 지엽적인 문제에 치중하는 치명적인 오류를 범한다.

항해도 마찬가지다. 흔히 항해라 하면, 항로를 설정하고 좌표를 구하며 침로를 따라 선박을 조종하는 단순한 업무라고 여길 수도 있지만, 이는 선박의 운항에 수반되는 피상적인 결과물의 일부다. 제대로 된 항해를 완성하기 위해서는 천문, 지리, 기상을 포함하는 지구과학과 전파, 통신, 유체역학과 같은 응용과학에 대한 기본적인 이해가 요구된다. 예고 없이 나타나는 항행상의 오류나 문제점의 원인을 찾아내고 비정상적인 상황에 직면하여 걸맞게 대처하기 위한 필수불가결의 요소다. 이론의 토대 위에 경험이 쌓이면 문제를 해결하고 정상상태로 환원시키는 능력은 부수적으로 따라온다.

오류의 원인과 처방이 단순하면 간단한 지식만으로도 당면한 과제를 해결하고 위험에서 벗어날 수 있겠지만 현실은 다르다. 대부분의 문제는 복합적인 원인이 연계되어 발생한다. 대응방안과 해결책을 도모하려면 먼저 문제를 야기한 원인을 찾아내고 연결고리를 끊어내야 한다. 그러나 단편적이고 지엽적인 사고와 지식만으로는 숨겨진 문제의 본질을 파악하기가 만만치 않다. 당연히 해결책을 도출하기도 어렵다. 어찌어찌 한고비를 넘긴다 해도 경험치 이상의 유의미한 발전을 기대할 수 없다는 한계에 부딪친다. 기본을 등한시한 결과로는 미래를 보장받지 못한다.

이런 단점을 보완해 주는 게 기초이론이다. 현실의 오류에 대한 원인과 해결책을 제시할 뿐만 아니라 상황 변화에 대응하는 응용능력을 배가시키며 나아가 미래의 발전 가능성을 확장시키는 굳건한 토대다.

신입선원에게 항해학 개론이란 책을 내밀며 문제집은 당분간 잊고 먼저 기초를 다지는 이론을 공부하도록 권했다. 책을 받아들며 싱긋 웃는데 퍽 만족스러워 보이지 않는다. 어물쩍 조타실을 나서려는 그를 불러세웠다. 그가 가지고 온 문제집을 펼쳐 보이며 아무 문제나 하나를 골라서 풀어보라고 채근하였다. 쭈빗쭈빗 어색하게 손가락으로 답을 가리킨다. 답의 옳고 그름을 확인하기 전에 질문을 먼저 던졌다.

"왜 그 답을 골랐는지 이유를 설명할 수 있겠어?"

갑작스런 질문에 대답을 못하며 멋쩍어한다. 확신이 없는 까닭이리라.

정답인지 오답인지 확인하여 내 생각을 더 강하게 피력하거나 서두르는 그의 태도를 질책하려는 게 아니다. 답을 선택한 이유와 답에서 배제한 이유를 항목별로 설명할 수 있어야 그 문제와 연관된 내용들을 정확히 이해한 것이고, 나아가 유사문제나 응용

문제를 풀 수 있으며, 그렇게 되기 위해서는 기본원리에 대한 확실한 이해와 개념의 정립이 필요하다고 에둘러 말해주었다.

조타실을 나서려는 자기를 애써 불러세우고 얘기한 의도를 이해하고 수긍한다는 것인지 아니면 이해할 수 없다는 것인지 무표정한 얼굴로 말없이 고개만 끄덕였다. 그의 태도에 배어나는 마음가짐이 의심스럽기는 하지만 굳이 즉석에서 이해를 종용한다고 해결될 문제가 아니다. 앞으로 공부하며 자연스럽게 스스로 가슴에 담아야 할 과제다.

항해는 길고, 배의 속도는 느리다. 그러나 잡을 수 없는 신기루로만 여겨지던 수평선을 넘고 넘어 끝내는 목적한 항구에 도착한다. 똑같은 바다, 똑같은 하늘, 똑같은 수평선에 갇혀 제자리걸음을 하는 것 같지만 지금도 배는 한 걸음 한 걸음 우직한 황소걸음으로 항구를 향해 다가가고 있다.

조금 전 커피를 마실 때, 선수 멀리 수평선 너머에서 고개를 내밀었던 배 한 척이 어느덧 좌현을 지나 선미로 멀어져 간다. 갈 길은 멀고 가시적인 성과는 눈에 들지 않지만 오늘도 그만큼 바다를 달려온 것이다.

4. 야간항해, 그리움을 품은 바다

> 별빛이 쏟아지는 밤바다
> 심연의 가슴 깊이 가라앉은 상념을 깨운다.
> 달무리에 투영되는 회한과 보이는 듯 보이지 않는
> 수평선에 드리워진 아쉬움
> 밤바다에는 그렇게 그리움이 흐른다.

바다로 별빛이 쏟아진다. 너무 강렬해 눈이 따가울 정도다. 가만히 귀 기울이면 쏴아아 별빛 쏟아지는 소리가 들리는 환청을 부른다.

한여름 툇마루에 걸터앉아 개울 건너 밤나무 숲으로 세차게 뿌리는 소나기를 한없이 바라보던 산골 아이가 있었다. 비에 젖어 바람에 일렁이는 무성한 잎새의 군무를 보면서 바다에 출렁이는 파도를 상상하던 기억이 새롭다. 오늘 밤, 별빛은 그 뜨거웠던 여름날의 세찬 소나기를 닮았다.

조타실 문을 열고 윙 브릿지로 나섰다. 모두가 잠든 깊은 밤, 무엇을 생각하든 누구를 그리워하든 방해하는 이 하나 없는 나만의 시간. 그믐밤의 깊은 어둠을 가르는 차가운 별빛이 살갗을 아리게 파고들었다.

윙 브릿지 난간에 기대어 부드럽게 흔들리는 배의 춤사위에 몸을 맡기고 하늘을 보았다. 헤아릴 수 없는 무수한 별들이 눈을 가득 채운다. 홀로 보내기엔 아쉬운 밤이다. 저들 중 어디인가 숨어있을 나의 별을 찾아 어린왕자의 손을 잡고 너른 밤하늘로 떠오른다. 몸도 마음도 자유롭게 별들 사이를 유영한다. 낯익은 별과 마주치면 잠시 멈춰서 옛이야기를 나누며 나만의 세계로 빠져들었다.

오늘 같은 밤, 안드로메다까지 몇 백만 광년이 걸리고, 은하가 어떻고, 별의 일생이 어떻느니 하는 차가운 이론은 어울리지 않는다. 그런 메마른 대화는 해가 밝은 낮에나 주고받을 이야기다. 지금은 감성의 눈으로 별만 바라보는 시간이다.

별이 밝을수록 가슴은 더 허전해지고 별빛은 더 따갑게 파고든다. 끓어오르는 그리움을 참지 못하고 길 떠나는 별똥별에 사연을 담아 유유히 흐르는 은하수에 띄워 보낸다. 그리고 비워버린 한구석을 다시 채우려 어두운 허공 속을 편린으로 떠도는 기억의 조각들을 주워들고 하나둘 서로를 맞추면서 잊고 지내던 지난날을 되새긴다.

때마침 어둠을 울리는 파도 소리가 잔잔한 음악이 되어 귓가를 간질인다. 파도의 멜로디에 맞춰 은하수에는 낭만의 시간이 다시 흐른다. 기억의 저편으로 점점 멀어지는 학창시절의 뜨거웠던 날들이 못내 아쉽다. 억지로 지난날들의 꼬리를 잡아보지만 맨손으로 모듬는 안개처럼 흔적 없이 사라지고 공허함만 흐르는 아린 상처로 다가온다. 추억은 안개와 같아 눈앞에 아른거리지만 잡을 수가 없다.

사람과 사람을 연결하는 인연의 고리는 이어지고 끊어지기를 반복한다. 시간이 흐르며 사소한 인연들은 대부분 기억에서 지워지지만 일부는 자신도 모르는 사이 마음 한구석에 자리잡는다. 선명하든, 희미하든, 가슴 깊은 곳에 가라앉은 과거의 그림자는 어우러질 만한 분위기가 조성되면 기회를 포착한 포식자처럼 자리를 박차고 나와 지난날들을 회상하며 추억의 늪에 빠져들게 만든다. 오늘 밤처럼.

언제 올라왔는지 야식을 준비하러 식당으로 내려갔던 조타수가 말없이 다가와 불쑥 담배 한 개비를 내밀었다. 감추고 싶은 속내를 들킨 것처럼 얼굴이 화끈 달아올랐다. 보여주기 싫은 속내를 가려준 어둠이 고맙다. 조타수는 내 속을 훤히 들여다보았다는 듯 싱긋 웃는다. 그의 등 뒤로 현등부스에 올려진 야식쟁반이 보인다. 날씨가 좋은 밤이면 자주 애용하는 간이식탁이다. 얼떨결에 받아든 담배를 돌려주고 현등 쪽으로 다가가려는 나를 조타수가 막아섰다. 오늘은 별밤에 걸맞는 낭만적인 시간이 되도록 신경써서 준비했으니 잠시 조타실로 들어가 기다리라고 등을 떠민다.

등을 떠밀며 조타수가 들려준 낭만적인 시간이란 말이 귓가를 맴돌며 은근한 기대를 부풀게 만들었다. 잠시 후, 그가 부르기에 냉큼 윙 브릿지로 나갔다. 현등부스에 올려진 음식은 언뜻 보기에도 여느 날의 야식과 비견할 수 없을 정도다. 푸짐하고 안주삼아 먹기에도 제격이다. 맥주 캔도 몇 개 보인다. 당직을 시작하며 별들로 가득 찬 하늘을 보고 중얼거린 '야식시간에 한잔 곁들이기 딱 좋은 날'이라는 농담섞인 혼잣말을 허투루 듣지 않았나보다. 조타수도 하늘을 보았으니 어쩌면 내게서 먼저 그 말이 나오기를 기다렸을지도 모른다. 이런 날이면 음식 잘하는 타수를 만나는 것도 복이라는 선배의 말이 실감난다. 메마르지 않은 감성이 이심전심으로 통하니 더할 나위 없다.

당직 중이라 맥주를 기분대로 마실 수 없는 처지가 아쉬울 따름이다. 못내 아쉽지만 맥주는 한 캔씩만 마시고 당직이 끝난 후 기관부 당직자들과 함께 모여 못다 푼 아쉬움을 달래기로 하였다. 그렇게 또 하나의 추억이 될지도 모를 흔적이 새겨지는 밤이다

추억은 모두가 아름답다. 아니, 아름답지 않은 추억은 존재하지 않는다. 아무리 어렵고 힘들게 보낸 시간일지라도 세월이 흐른 뒤 되돌아보면 당시의 열정과 정열의 숨결이 느껴지는 나름대로의 의미를 지니기 때문이다. 비록 아픔은 있을지라도 그 속에 아롱진 아쉬움과 미련 때문에 수시로 곱씹게 되고 종국에는 아름다움으로 포장되기 마련이다. 하물며 달콤함을 간직한 꿈 같았던 시간이야 화살처럼 스쳐가기에 더욱 진한 멍으로 남는다.

사람은 많든 적든, 크든 작든 나름의 추억을 가슴에 품고 가끔은 돌아보고 되새기며 살아간다. 추억이 없는 사람은 없다. 추억이

없다는 것은 지난날에 대하여 후회스럽거나 아쉬움이 전혀 없는 삶을 살았다는 뜻인데 평범한 인간에게는 불가능에 가깝다. 때로는 아웅다웅 다투기도 하고 때로는 같이 웃고 울며 부대끼는 게 인간사다. 그렇게 살면서 추억이 잉태되고 자라난다. 따라서 추억이 많다는 것은 그만큼 다양한 상대와 심금을 터놓고 더불어 살았다는 방증이다.

과거를 회상하며 추억에 잠기는 감성적인 시간들이 그 사람에겐 버릴 수 없는 과거이며, 현재이고, 미래라 할지라도 이를 지켜보는 이의 관점이 다르면 과거에 얽매인 나약한 나르시시즘적인 진부한 삶의 행태로 치부될 수도 있다. 팍팍한 현실에 본심을 빼앗기고 살면서 자신도 모르는 사이에 메말라버린 인성의 발로다. 세태가 아무리 차갑게 식었다 해도 당연하고 이성적인 판단이라고 옹호하기엔 너무 삭막하다.

추억의 저변엔 감성이 깔려있다. 이성이 개입하면 추억도 샘이 마른다. 추억 속에 살아 숨 쉬는 감성은, 미미하긴 해도 자신은 물론 잊고 지내던 사람들까지 돌아보고 감싸 안는 긍정의 효과를 지닌다. 또한, 아쉬움과 후회를 불러온 과거의 행동이나 말에 대하여 반성하고 바로잡아 미래의 실수를 예방하는 선순환의 가치도 숨겨져 있다.

그러나 너무 지나치면 긍정의 효과와 선순환의 가치는 빛을 잃고 어둠의 나락이 입을 벌린다. 추억이란 미명하에 감성과 이성을 모두 빼앗기면 과거의 굴레에서 벗어나지 못한다. 현실을 망각하게 만드는 수렁의 입구다. 현실에 발을 딛고 적당한 거리를 유지하며 추억을 되새겨야 나락으로 빠지지 않고 추억이 선사하는 참 맛을 품에 안는다.

즐거운 기억은 아련함을 품으며 어두운 기억은 고통을 수반한다. 달콤하다고 매몰돼선 안 되고 아프다고 피해서도 안 된다. 때로는 지나간 과거가 삶의 지향점을 바꾸어 놓기도 한다. 모든 과거는 앞으로 살아가야 할 미래의 방향성과 이유를 품었기 때문이다. 즐거웠던 시간이든, 어두웠던 시간이든, 억지로 기억 속에 가두려 하거나 잊으려 애쓰지 말자. 좋은 기억은 아름다운 추억으로, 어두운 기억은 또다시 다가올 미래의 고통을 걸러내는 길잡이로 간직하면 그뿐이다.

밤하늘을 하얗게 가르는 별똥별이 긴 꼬리를 물고 어둠 너머로 사라졌다. 나도 은하수에 띄워놓았던 추억과 낭만을 실은 종이배를 거둬들였다. 별들과 나누던 옛이야기 따라 가슴 아리게 찾아들던 그리움도 날개를 접었다. 종이배에 가득하던 사연들이 바닷바람에 흐트러져 별빛과 함께 바다로 쏟아져 내린다. 오늘도 그렇게 또 한 조각의 추억을 밤바다에 물들이는 밤이다.

5. 바람은 파도를 부른다

바람이 불면 파도가 따르고, 파도는 배를 흔든다.
그래도 항해는 멈출 수 없다.
작은 파도는 넘어서고 큰 파도는 부딪히며
쉼 없이 앞으로 나가야 한다.

몸은 피곤한데 쉽게 잠들지 못한다. 동서로 항해하며 시차가 빠르게 변할 때는 가끔씩 겪는 일이지만 오늘은 시차 때문이 아니다. 남북항해라 부산을 떠난 이후 시차 조정은 한 번도 없었다. 이유를 모르겠다. 누워서 잠을 청해도 정신은 점점 말똥말똥해진다.

야간당직을 생각하며 억지로 눈을 감았다. 달아나는 잠을 붙잡으려 이불을 끌어안고 한참을 뒹굴거렸다. 깜박 잠이 들었었나. 몽롱한 정신을 파고드는 전화벨 소리에 놀라 눈을 떴다. 무엇에겐가 쫓기는 꿈을 꾼 것 같기도 하다. 전화벨은 세 번 울리고 끊어졌다. 당직교대 시간이 다 되었으니 그만 일어나 선교로 올라오라고 채근하는 전임당직자의 신호다.

오후부터 파도가 일기 시작하더니 꽤나 심해졌나보다. 침대에 누워 있는데도 배의 흔들림이 심상치 않게 느껴진다. 정신을 차리고 일어나 옷을 갈아입으려 중심을 잡아보지만 서 있기조차 불편할 정도로 배의 요동이 심하다.

바로 선교로 올라가려다 마음을 바꿔 선내순찰을 먼저 돌아보기로 하였다. 일 층 주갑판으로 통하는 계단을 내려가다 마침 당직을 마치고 올라오는 삼기사를 만났다. 직접 내려가지 않아도 되겠다는 생각에 아래층 상황을 물어보려 불러세웠다.

"일찍 교대했네."

"네, 잠이 안 온다고 이기사가 일찍 내려왔네요."

파도에 지쳤는지 대답이 시원찮다. 멀미하는 사람처럼 모든 게 귀찮은 듯 말도 행동도 매가리 없이 축 늘어졌다.

"근데, 편히 잠 좀 자게 배 좀 잘 몰고 가요."

아래층 상황을 물어보기도 전에 치기 어린 타박이 먼저 꼬리를 물었다. 그리고 이제부터 자기는 열심히 잘 터이니 즐겁게 수고하라는 한마디를 던지고는 서둘러 위층 침실로 올라갔다. 물어보려 했던 아래층 상황은 입 밖에 내지도 못했다.

배 좀 잘 몰고 가라. 오랜만에 듣는 얘기다. 몰아치는 풍랑에 배가 요동치면 선원들이 항해사에게 심심치 않게 건네는 말이다. 물론 서로가 고생한다는 농담이다. 생뚱맞게 들릴지 모르지만 안녕이라는 상투적인 인사말이 가질 수 없는 여러 가지 의미가 묻어있는 뱃사람들의 언어다. 삼기사도 뜻밖의 황천에 지루하고 힘든 당직시간을 보냈다는 무언의 시위다.

일 층 복도로 내려서니 어디선가 나직한 음악소리가 들려왔다. 기웃기웃 찾아보니 사관휴게실에서 흘러나온다. 누군가 갑작스러운 배의 요동에 잠을 설치다 휴게실로 내려와 음악을 듣거나 비디오를 보고 있겠지. 파도가 치는 날이면 흔히 있는 일이라 무심코 지나치려다 누구인지 궁금해 빼꼼히 문을 열고 들여다보았다.

일기사가 혼자 앉아 음악을 틀어놓고 맥주를 마시고 있었다. 테이블 위에는 찌그러진 맥주 캔 서너 개가 어지럽다. 평상시의 그답지 않은 행동에 의아한 생각이 들었다. 조심스럽게 문을 열고 일기사 곁으로 다가갔다. 꽤나 마셨는지 얼굴은 이미 발그레 달아올랐다. 다가서는 나를 보더니 맥주 한 캔을 권하며 잠깐 자기 말 좀 듣고 가라고 붙잡았다. 취기가 묻어있는 그의 목소리엔 왠지 모를 외로움 같은 아린 무언가가 묻어있었다. 교대시간이 다 되었지만 거절할 수 없는 무형의 힘에 이끌려 마지못해 맥주 캔을 받아들고 마주 앉았다.

이야기를 들어보니, 오늘이 유치원 다니는 큰 애의 생일이라 식구들이 모였을 저녁 시간에 맞춰 위성통신으로 전화를 걸었단다. 신호가 가고 한참이 지나서야 작은딸이 받더니 '아빠 없는데, 아저씨 누구냐'고 의미 없는 질문 한마디 던지고는 자기가 뭐라 말하기도 전에 그냥 끊어버렸다며 어이없어한다. 부산항 정박 중 집에 들렀을 때 아내와 약간의 다툼이 있었기에 아이의 생일을 핑계로 전화로나마 서운한 감정을 달래주려고 했는데, 아직 어린

딸이지만 아빠의 목소리도 기억하지 못하는 현실이 시리고 안타깝다고 눈시울을 적신다.

며칠을 어영부영 지내다 다툼의 골을 메우지 못하고 떠나온 것이 아직도 가시처럼 마음 한쪽에 걸려있다며 대범하지 못했던 자신의 행동을 후회하는 표정에는 슬픈 그림자가 얼룩졌다. 그래서인지 어린애의 철없는 행동이었지만 호탕했던 평소의 그처럼 허허 하고 웃어넘기기가 쉽지 않아 보인다. 복잡하고 서운한 감정을 누르지 못하고 홀로 맥주를 마시며 시름을 달래던 중이었다니 내 마음도 편치 않다.

육지라면 함께 부대끼고 살면서 자연스럽게 풀릴 사소한 문제다. 하지만 다시 만날 때까지 긴 시간 동안 혼자 가슴에 담고 살아야 하는 바다에서는 다르다. 피할 수 없는 뱃사람의 현실이고 애환이다.

사람은 너, 나 할 것 없이 자신이 믿고 싶은 것만 믿으려 한다. 더욱이 갈등의 상대와 떨어져 있거나 허심탄회하게 자신의 심경을 토로할만한 마땅한 상대가 없을 경우, 문제의 본질은 제쳐두고 감정에 사로잡혀 마음대로 예단하고 이를 당연한 사실로 자리매김 하려는 이기적인 오류에 빠지기 쉽다. 이런 불안정한 심리상태에 기생하는 독단적인 추론은 긍정적인 면보다 부정적인 면으로 더 크게 왜곡되는 편향성을 보인다. 그리고 시간의 흐름에 따라 점점 증폭되어 재생산되는 악순환을 반복한다. 이런 과정을 통하여 자라나는 부정적인 감정을 억제하지 못하면 아차 하는 순간 자신은 물론 여러 사람에게 큰 상처를 남기는 일들도 종종 일어난다.

일기사도 혼자만의 막연한 추론에 기인하는 불안한 감정을 속히 추슬러 응어리로 남기지 않기를 바라지만 말처럼 쉽지 않다는 것을 알기에 안쓰러움이 더하다. 분위기도 어색하고 어린 나이인 내가 어떻게 위로해야 할지 딱히 떠오르는 말도 없어 당직시간을 핑계로 엉거주춤 자리를 물러났다.

바다는 거칠게 변해있었다. 뱃전을 타고 올라 부서지는 포말이 선교 유리창까지 날아와 시야를 흐트리고 거친 파도는 무자비하게 배를 흔들어댄다. 그렇다고 항해를 멈출 수는 없다. 파도가 앞길을 막아서서 아무리 거칠게 흔들지라도 배는 다시 균형을 잡고 전진해야 한다.

배가 거친 파도를 견뎌내고 다시 일어서는 힘, 우리는 그것을 복원력이라 부른다. 복원력이 충분한 배는 아무리 세찬 파도가 밀려와도 이내 중심을 잡고 다시 파도를 헤치며 앞으로 나간다.

복원력은 무게중심의 높낮이에 영향을 받는다. 무게중심 낮으면 안정적인 복원력을 유지하지만 너무 높으면 파도에 기운 배는 다시 일어서지 못하고 침몰한다. 사람도 마찬가지다. 항상 낮은 자세로 현실을 받아들인다면 망상에 사로잡혀 스스로 쓰러지는 과오를 범하지 않는다. 현실을 있는 그대로 받아들이며 상대를 존중하는 태도를 비겁한 타협이나 굴복으로 치부해선 안 된다.

타인의 입장에서 생각하고 이해하려 노력한다면 불신으로 인한 의심을 꼬리를 잘라낼 수 있다. 괜스레 술렁거리던 마음도 사그라든다. 자연스럽게 심신의 평온을 되찾고 서로 공감하고 보듬으며 살아가게 만드는 삶의 복원력도 회복된다.

　파도와 씨름하는 선교의 조심스러운 정적을 깨고 통신실에서 전문을 수신하는 신호음이 바람소리에 섞여 흘러나왔다. 부두를 떠나면 다음 항구에 입항할 때까지 사회와 격리된 생활을 하는 뱃사람에게 외부에서 날아드는 소식은 언제나 호기심을 자극한다. 잰걸음으로 통신실로 들어가 확인하니 수신자가 일기사인 개인전문이다. 내용은 보지 않아도 알 것 같다.

　전문을 가지고 조타실로 돌아와 사관휴게실로 전화를 걸었다. 몇 번의 신호음이 울리자 일기사의 목소리가 수화기에서 흘러나왔다. 약간은 흥분되고 기대에 찬 목소리다. 혹시 이것 때문에 나를 잡았었나. 멋쩍어서 표현은 못하고 혼자 가슴앓이를 하며 연락이 오기만 기다렸을 일기사를 생각하니 당직을 핑계로 어물쩍 자리를 떠난 일이 떠올라 미안하고 죄스러운 마음이 앞선다. 덩달아 마음도 바빠졌다.

　서둘러 조타수에게 전문을 건넸다. 일기사에게 전문부터 전해주고 출출하고 속도 쓰릴 테니 야식도 한 그릇 맛나게 대접하며 같이 한잔 마시고 천천히 올라오라고 당부하였다. 선교를 나서는 조타수의 손에서 흔들리는 전문이 짙게 내려앉은 어둠을 헤치며 하얗게 빛난다. 내일이면 다시 활기 넘치게 일하고, 운동하고, 농담하며 허허 웃는 예전의 일기사를 다시 보게 될 것이다. 나도 어깨를 짓누르는 무거운 짐 하나를 내려놓은 듯 홀가분하다.

파도가 밀려와 뱃전에 부딪치며 치솟는 하얀 포말이 부챗살처럼 피어오른다. 그때마다 엔진은 힘겨운 신음을 토해내지만 배는 어둠 속에서도 거친 파도를 헤치며 쉬지 않고 앞으로 나간다. 아무리 힘들어도 시간이 흐르면 파도는 물러가고 모질던 바람은 자취를 감춘다. 그렇게 바다는 다시 정겨운 친구로 돌아와 옆에 머문다.

6. 해협을 건너야 대양을 품는다

조그만 멧새 한 마리,
힘겨운 날갯짓으로 바다를 건넌다.
바람에 몸을 맡겨 활공하는 갈매기가 부럽기도 하련만
작디 작은 날개를 퍼덕이며
그저 앞만 보고 제 갈 길을 간다.
그러면서 말한다. 꿈을 향해 날기에 힘들지 않다고

한바탕 스콜이 지나갔다. 바다를 감싸던 저위도 지방의 눅눅한 습기를 밀어내고 신선한 공기가 밀려드니 시야는 더 멀리, 더 또렷하게 트였다. 청명하게 갠 하늘로 회색 연기를 뿜어 올리는 크라카타우 화산이 고개를 내밀었다. 아니 관심을 기울였다면 한참 전부터 보였겠지만 항해와 상관없는 먼 거리인지라 관심이 없었을 뿐이다.

누가 보든 안 보든, 관심을 갖든 말든, 크라카타우는 우리 조상이 지구상에 존재하기 한참 전부터 이미 그곳에 존재하고 있었다. 때로는 천지를 진동시키는 화산뇌를 울리며 불기둥을 토하는 두려움의 상징으로, 그리고 노여움이 가라앉으면 폭발하려는 에

너지는 클라카타우산 심장부에 여며두고 조용히 숨을 고르는 열대우림의 지배자로 기나긴 세월 동안 순다해협을 내려다보며 그 자리를 지켜왔다.

클라카타우는 인도양과 남지나를 오가는 뱃사람들에겐 의미 깊은 랜드마크다. 인도양을 넘나들 때마다 만나는 익숙한 모습이지만 아무리 여러 번 마주해도 눈을 떼지 못하게 믿드는 마력을 지닌 화산이다. 산 정상에서 피어오르는 연기는 길 떠나는 정인을 배웅하는 처자의 손에 들린 손수건처럼 바람에 나부끼며 뱃사람을 맞이하고 또 보낸다. 인도양을 건너오느라 긴 항해에 지친 이에게는 목적지가 가까워졌음을 알려주는 반가운 인사고, 반대로 인도양을 향해 떠나는 이에게는 먼 길 잘 다녀오라는 이별의 아픈 손짓이다.

남지나와 인도양을 연결하는 순다해협, 해협이라고는 하지만 말라카해협처럼 좁고 긴 해로도 아니고 수많은 배들이 오가는 도버해협처럼 복잡하지도 않다. 조심스럽기는 하지만 주변 섬이 보여주는 남국의 정취를 감상하며 여유롭게 항해할 수 있는 흔치 않은 해협 중 하나다. 마을 어귀의 완만한 고갯길 같은 정겨움에 주위를 둘러보고, 길 떠나는 나그네의 아쉬움에 뒤를 돌아보게 만드는 인간미가 살아숨쉬는 항로다. 동구 밖 고개를 넘으면 대처로 나가는 큰길을 만나듯, 해협을 통과하면 끝없이 펼쳐진 인도양이 우리를 맞는다.

그래도 해협은 해협, 항해사가 긴장을 풀어서는 안 된다. 하지만 망원경을 들면 항로의 장애물보다 연기를 뿜어 올리는 화산과 열대우림으로 파랗게 물든 생기 넘치는 섬들을 먼저 찾아보게 만든다.

해협의 어귀에 들어서니 화산도 손에 잡힐 듯 또렷하게 형체를 드러냈다. 산 정상에서 모락모락 피어오르는 연기를 바라보며 박수동 작가의 영원한 주인공, 고인돌이 되어 화산 아래서 돌도끼 하나 들고 서성이는 원초적 감상에 빠져본다. 선원들도 하나둘 선미갑판으로 나와 클라카타우를 배경으로 사진도 찍고 담소도 나누면서 주말 오후의 느긋한 휴식을 즐긴다.

초짜라는 치기 어린 농담을 들으면서도 서너 명이 카메라를 들고 윙 브릿지로 올라왔다. 마침 교대시간이 다 되었기에 나도 당직인계를 마치고 윙브릿지로 나가 한 컷 찍었다. 훗날 이 사진을 꺼내 보며 무슨 생각을 떠올릴까. '그때가 좋았지'하며 과거를 곱씹는 후회스런 삶을 살지는 말아야 할 텐데. 한 발 두 발 뒤로 물러서는 섬들을 감상하며 다가오는 미래를 물들일 열대우림의 싱그러운 푸르름을 영혼의 눈에 담는다.

아쉬운 눈길로 화산 주위를 두리번거리며 다음을 기약했다. 여느 날과는 달리 거주구 외부계단을 통해 선실로 내려가는 도중에 선미로 날아드는 작은 새 한 마리가 얼핏 눈에 띄었다. 무심코 계단을 내려서려다 무언가 놓친 것 같은 허전함에 발길을 멈추었다. 퍼덕이는 날갯짓을 보니 바닷새는 아니다. 산길을 거닐다 예사로 만나는 멧새라면 별 감흥 없이 무심코 지나쳤겠지만 여기는 바다 한가운데, 멧새를 만나는 것은 생소한 경험이다. 호기심이 발길을 붙잡았다.

배 주위엔 멧새 말고도 갈매기 몇 마리가 활공을 즐기며 따라온다. 편견 때문일까. 바람에 맞서 유연하게 바다 위를 비행하는 갈매기와는 달리 퍼덕이는 멧새의 날갯짓이 힘겨워 보인다. 갈매기와 멧새, 똑같이 하늘을 날고 있는데 하나는 여유롭고 하나는 힘겨워 보이는 건 나의 편견이 이들을 갈라놓은 탓일지도 모른다.

저 조그만 멧새가 얼마 전까지 살아왔을 저쪽 땅, 나무와 숲이 무성하고 열매가 풍요로운 열대우림의 보금자리를 뒤로한 채 바다로 나온 까닭은 무엇일까? 대부분의 멧새들은 영역 타툼이 없으니 동족에게 내몰리지는 않았을 터이고, 철새라면 홀로 바다를 건너는 위험한 모험을 시도하지 않는다. 의문이 호기심을 자극했다.

'그러고 보니 나도…' 갑자기 옛 생각이 떠올랐다. 산골에서 태어나고 자랐기에 바다라곤 수학여행 때 본 것이 전부인 나였다. 그런 내가 항해학과를 지원했다는 소식을 접하고 예기치 못한 나의 선택에 당황하던 가족과 주위 사람들, 내가 지금 저 새를 바라보는 느낌과 같았을 것이다.

당시 주위의 기대와 예상을 뒤집고 항해학과를 지원한 것은 신화의 바다를 건넌 율리시스 같이 모험심에 들떠서도 아니고 로마를 정복하기 위해 알프스를 넘은 한니발 같은 야망을 품어서도 아니었다. 남보다 쉬운 취업과 고액의 급여가 보장된다는 현실적인 문제에 더하여 '바다와 마도로스'라는 단어가 주는 묘한 매력에 이끌린 젊음의 선택이었다. 현실적인 선택이든 감성의 매력에 유혹됐든 누구의 간섭도 받지 않고 마음이 향하는 대로 스스로 내린 결정이었다.

그동안 겪은 바다 생활은 애초에 기대했던 만큼 경제적으로 만족스럽지도 못하고 옛 영화에 나오는 마도로스처럼 낭만을 즐기는 여행도 아니었다. 때로는 힘겨운 일들이 앞을 막아섰고 고립된 생활에 필연적으로 발생하는 달갑지 않은 일들도 종종 따라붙었다. 하지만 아직까지 나의 선택을 후회하지 않는다. 아마도 경제적인 현실에 떠밀렸다거나 타인의 강요에 의한 마지못한 선택이었다면 사소한 어려움이나 불만에도 쉽게 화내고 후회를 반복하다 끝내는 포기했을지도 모른다.

살다 보면 수많은 선택의 순간을 마주한다. 아니 산다는 것 자체가 선택의 연속이다. 점이 모여 선을 이루듯, 매 순간의 선택이 모여 인생이란 길을 만든다. 그리고 선택의 향방에 따라 모양이 제각각인 삶이라는 그림이 그려진다. 그림의 형태가 단편적이든 복잡하든, 아름답든 추하든, 그것은 제삼자에게 보여지는 이미지일 뿐, 자신은 그림을 그려가는 선 안에 갇혀있기에 아무것도 볼 수 없다. 그저 자신이 선택한 길을 따라 최선을 다해 정진하면 그만이다. 그림의 형상이나 가치는 먼 훗날에 평가받을 일이다.

마음이 움직인 변화는 좋은 결과를 얻는 반면 간섭에 의한 변화는 결코 좋은 결과를 기대할 수 없다고 한다. 때로는 불확실하고 무모해 보여도 타성에 젖어 안주하기보다는 마음이 움직이는 대로 과감한 변화를 시도하는 용기도 필요하다. 그러기 위해선 고통스러운 과정에 대한 두려움은 떨쳐버리고 불확실한 결과에 대한 의심은 거둬들여야 한다. 숲을 등지고 바다로 날아오른 저 한 마리 작은 새처럼.

멧새의 날갯짓이 힘들어 보이는 것은 갈매기들의 활공에 익숙해진 나의 편견이 빚어낸 허상에 불과하다. 내가 계단에 멈춰 잠시 망상에 빠져있던 그 짧은 시간에 멧새는 우리가 오늘 하루 걸어오며 남겨놓은 항적을 넘어섰다. 누구의 도움도 없이 스스로의 노력만으로 바다 건너에서 기다리는 희망찬 세상을 향하여 한 걸음 한 걸음 다가서고 있다.

지금은 순다해협이라는 같은 바다를 지나지만 오늘 해가 저물기 전에 우리는 인도양을 맞을 것이고, 저 작은 한 마리 새는 꿈에 그리던 바다 건너 보금자리에 날개를 접을 것이다. 어둠이 걷히고 새롭게 마주하는 내일이라는 하루는 닮은 듯하지만 전혀 다른, 낡은 어제가 아닌 희망이 살아 숨쉬는 밝은 미래다.

그래도 바다는 바다, 잠시 쉬어갈 만한 자리도 없고 멧새 홀로 견디기엔 벅찬 풍파가 숨어있는 곳이다. 점점이 떠 있는 섬들 사이로 가물가물 멀어지는 날갯짓을 응시하며 그저 모진 바람 만나지 말고 무사히 해협을 건너 염원하던 낙원과 마주하길 응원한다.

7. 적도제, 신의 자비를

수평선은 항상 눈앞에 있다.
하지만 어떤 경우에도 뒤를 보여주지 않는다.
잡을 수도 넘을 수도 없는 신과 같은 존재.
우리는 그것을 알면서도 끊임없이 수평선을 넘고자 한다.

바람도 파도도 자취를 감추었다. 적도무풍대. 대항해시대 범선에 몸을 싣고 의기양양하게 돛을 올렸던 우람한 털북숭이 선장도, 보물이 있는 곳이라면 어디든 달려가던 무법자 애꾸눈 해적도 고개를 숙여야 했던 침묵의 바다. 방향도 모르고 주기도 없이 일렁이는 너울만이 수평선을 오르내리며 적도의 뜨거운 태양 아래 반짝인다. 이글이글 타오르는 태양이 너울과 어우러져 어디에서 오는지 방향조차 가늠하기 힘들다. 바람과 파도라면 맞서 헤쳐나가겠지만 침묵으로 막아서니 어찌할 도리가 없다. 신의 자비를 구할 수밖에.

적도제를 지내는 날이라 평소보다 일찍 일어나 조타실로 올라갔다. 선교는 이미 선원들로 북적이며 적도제 준비가 한창이다. 경험 많은 나이든 선원들은 제례상을 준비하느라 분주하고 나머지는 삼삼오오 모여 담소를 나누고 있었다. 모두 다 즐거운 표정이다.

범선이라면 바다의 침묵에 발이 묶였겠지만 요즘은 거대한 엔진이 스쿠류를 돌려주니 바람이 없다고 배가 멈춰 설 일은 없다. 당연히 적도제도 바람을 부르는 간절한 의식이 아니라 뱃사람들이 항해에 쌓인 피로를 풀기 위해 즐기는 한바탕의 잔치로 변모하였다. 특정한 날짜나 일정한 주기로 행해지는 의식도 아니다. 그저 적도 부근을 항해할 때 상황이 허락되면 선원들이 협의하여 날짜를 정하고 음식을 준비하여 먹고 마시며 부담 없이 즐기는 하루다.

산골짝 작은 암자에 조그만 샘이 있었다. 어머니는 그곳에 가시면 꼬깃꼬깃 치마 춤에 여며두었던 무명주머니에서 불전을 꺼내 용왕님께 올리며 두 손 모아 아들의 무사 항해를 기원하셨다.

"아니 산속 암자에서 왠 용왕을 찾아?"

아린 속내를 감추려고 던진 괜한 한마디에 어머니는 정색을 하셨다. 비록 산속의 작은 샘이지만 보이지 않는 길을 따라 세상 어디든, 물이 닿는 곳이라면 하나로 연결되어 있으니 남에겐 산속의 작은 샘에 불과해도 자식이 바다로 나간 당신에겐 그 샘이 곧 바다였다. 그래서 내가 생각나면 남모르게 찾아와 치성을 드린다는 말을 들었을 때의 찡했던 울림이 아직도 생생하다. 오늘도 그 작은 바다를 찾으셨다면 용왕님이 내 마음을 전해드릴 수 있을 텐데. 파문이 이는 눈동자에 어머니 얼굴이 아른거린다.

인간은 마음이 어지럽거나 고난이 닥치면 자신을 지켜줄 영험한 힘을 찾아 의지하는 심약한 존재다. 그 힘이 유형이건 무형이건 개의치 않는다. 날이 어두울수록 별은 밝게 빛나듯, 감내해야 하는 고통이 클수록 심신의 평온을 갈구하는 마음은 더 간절해지고 그 간절함이 쌓여 신을 만들고 종교가 되었다. 신을 숭배하는 방법이나 호칭은 달라도 신에게 기대어 심신의 평온을 유지하려는 간절함은 지역과 인종을 구분하지 않는다.

과거 샤머니즘이 성행하던 시대에는 폭발하는 화산을 보면 불의 신, 지진이 일어나면 땅의 신, 번개와 천둥이 몰아치면 하늘의 신, 태풍이 몰아치면 바람의 신에게 엎드려 자비를 구했을 것이다. 아무리 문명이 발달해도 자연의 순리를 거스를 수 없는 인간의 나약함은 과거나 현재나 마찬가지. 그래서 사람들은 처한 환경에 따라 다양한 신을 우러르고 숭배하며 위안을 삼는다.

자연스럽게 바다에서는 해신을 섬긴다. 그 부름이 용왕이든 포세이돈이든 넵튜누스든 개의치 않는다. 산신제를 지내고 산에 오르는 산사람이나, 만선을 기원하며 풍어제를 올리는 어부나, 안전항해를 바라며 적도제를 지내는 뱃사람이나 기원하는 바는 똑같을 것이니 신을 무어라 부르든 뭐가 중요하겠는가. 신을 섬기는 의식은 특정 종교의 교리나 이념과 상관없이 자연 앞에 겸손할 수밖에 없는 나약한 인간의 원초적 본능의 표출이다. 이런 의식을 통하여 스스로 위안을 얻고 구성원 간의 유대감이 깊어지는 계기가 된다면 충분한 의미를 부여받는다.

카운트 다운을 시작했다. 10초 전, 5, 4, 3, 2, 1. 매리올, 태양이 머리 위를 지나는 순간이다. 뚜우우~~~ 긴 뱃고동을 울리며 적도제가 시작됐다. 제사장으로 분장한 갑판장이 선장부터 한 사람 한 사람 불러내 제단에 술을 올리도록 권한다. 범선시대처럼 간절하게 바람을 부르는 엄숙한 제례가 아니다. 약간의 장난기도 섞여있다. 그래도 잔을 올릴 때는 제법 숙연한 분위기가 풍긴다. 바람이 없어야 항해가 순조롭고 평안한데 바람이 불기를 기원하는 적도제를 따라 하는 모순, 선원들은 잔을 올리며 무엇을 떠올리고 무엇을 염원했을까?

제례 음식을 나누어 해신에게 바치는 의식으로 적도제가 끝났다. 아니 의식이 끝났을 뿐, 선원들이 기다리던 적도제는 이제부터 시작이다. 조타실에 둘러앉아 음복을 즐기며 술잔을 나누자니 금방 거나하게 취기가 올랐다. 왁자지껄 떠드는 소리도 덩달아 점점 커져 간다. 기관실에서 제를 마친 기관부 선원들까지 선교로 올라와 합류하자 분위기는 한층 더 달아올랐다. 조용한 바다에서 편히 휴식을 취하던 바람이 깨어나 파도를 일으킬 만큼 소란스럽다.

가져온 술을 바닥내고 나서야 휴게실로 자리를 옮겼다.
적도의 태양은 아직도 뜨겁게 타오른다. 서서히 기울기 시작하는 태양에 바다는 붉게 물들고 옅게 드리운 연무는 데일 듯 뜨겁다. 조타실 정리를 마치기도 전에 선원들과 함께 휴게실로 내려갔던 선장과 기관장이 다시 올라왔다. 조타실은 둘이 지킬 테니 당직은 걱정 말고 내려가서 마음껏 즐기란다. 적도제를 받아든 해신이 내려주는 특혜다.

선교를 나서니 휴게실에서 터져 나온 소음과 열기가 복도를 따라 거주구 전체를 가득 채우며 밀려왔다. 건물 사이로 화연(火煙)이 뿜어져 나오는 재난영화의 한 장면을 연상시킨다. 전표를 건 윷놀이 판이 세 군데나 벌어졌으니 후끈 달아오른 열기에 좁은 휴게실이 터질 지경이다. 오늘만 쓸 수 있도록 만들어 나눠준 전표니 어떻게든 오늘 중으로 소진해야 한다. 자리를 놓친 사람들은 테이블에 둘러앉아 맥주를 마시며 웃고 떠들면서도 힐끗힐끗 윷놀이 판을 기웃거리며 빈자리에 파고들 기회를 엿본다. 정월대보름 고향의 마을회관 앞 너른 마당에 멍석 깔고 벌어졌던 척사대회의 떠들썩한 흥겨움이 바다로 옮겨왔다.

먹고 마시며 떠들고 즐기는 사이 시끌벅적했던 하루가 저물어간다. 응원과 웃음과 고함이 난무하던 윷놀이도 판을 접었고 선원들이 빠져나간 휴게실엔 한낮의 뜨거웠던 여운만 남았다. 선원 몇몇만이 테이블에 둘러앉아 식당에 차려진 뷔페에서 안주를 가져다 맥주를 홀짝이며 식어가는 아쉬움을 달랜다.

선실로 올라가려다 용왕님께 인사나 드리고 가자는 치기 어린 생각에 선미갑판으로 나왔다.

적도의 열기에 한껏 부풀어 오른 붉은 태양이 수평선 너머로 가라앉는다. 산골 작은 샘에서 자식의 얼굴을 그리다 서산 해거름에 저녁 끼니 챙기러 종종걸음 서두르실 시간이다. 붉은 태양에

어머니의 주름진 얼굴을 그리며 고향으로 돌아가는 그날까지
무탈하고 건강하게 지내시도록 보살펴달라고 용왕님께 기도한다.

8. 항구는 마도로스의 고향

> 꿈에 그리던 항구다.
> 누가 나를 기다릴까? 누가 나를 반겨줄까?
> 기다리는 이, 반기는 이 없어도
> 항구는 마도로스의 고향이다.

자장가처럼 맴돌던 엔진 소리가 잠잠해졌다. 반사적으로 눈을 떴다. 지난밤 당직시간, 어둠을 붉게 물들이며 춤추는 퍼스의 밤하늘을 보았으니 날이 밝으면 입항이다. 이른 시간에 낮아진 엔진소리는 예정보다 빨리 도착해 속력을 내리고 도선사의 승선시간에 맞춰 시간을 조정하는, 입항이 임박했다는 전조다.

아직 스탠바이 알람이 울리기 전이지만 이미 깨어난 터라 옷을 걸치고 선교로 올라갔다. 번버리 항의 전경이 한눈에 들어온다. 선수 양쪽으로 도열한 항로부위들이 초행길이니 조심하라고 길을 인도하고 멀지 않은 곳에서 외항 방파제가 두 팔을 벌리고 맞아준다. 손에 잡힐 듯 가까워진 해안가 초원 너머로는 도시의 그림자가 아지랑이처럼 흔들거린다.

바다에서 바라보는 육지는 그곳이 어디든 향수를 부른다. 산이든, 초원이든, 마을이든, 도시의 불빛이든, 그저 멀리 보이기만 해도 설렘이 찾아든다. 더욱이 오랜 항해 끝에 만나는 미지의 항구는 동경의 대상이다. 입항이 다가오면 기대는 부풀 대로 부풀어 오른다. 그런데 여기는 아니다. 밋밋한 해안선, 그냥 그렇고 그런 구릉과 초원이 전부다. 이국의 정취라곤 찾기 힘들다. 그렇다고 마도로스의 흥미를 자극할만한 환희가 살아있는 도시도 아니다. 뱃사람에게 서부 호주는 재미없는 동네라는 것을 익히 알고는 있었지만 직접 마주하니 실망감이 쎄하게 밀려들었다.

부산에서 이번 항차에 대한 전문을 받아들었을 때 이미 예상했던 바가 아닌가. 부질없는 욕심은 털어버리자. 다음을 기약하며 만지지 못할 신기루 같은 기대는 접고 있는 그대로 받아들이기로 마음먹었다.

시점을 바꾸면 사물이 달라지고, 관점이 바뀌면 세상이 달리 보인다고 했다. 앞을 막는 야속한 파도도 돌아서면 등을 밀어주는 고마운 존재다. 멀리서 보아야 숲이 보이고 다양한 관점에서 넓게 사고해야 인간사의 이치를 제대로 깨닫는다.

긍정적으로 생각을 바꾸니 또 다른 기대가 은근슬쩍 샘솟는다. 혹시 알아? 야생이 살아있는 나라이니 초원을 지나다 깡충깡충 뛰노는 캥거루 가족이나 시원하게 그늘진 유칼리스 나뭇가지에 매달려 낮잠을 즐기는 코알라를 마주할지.

부두에 접안하여 입항수속을 마치고 선교로 올랐다. 낮은 구릉 따라 펼쳐진 초원 너머로 시골 읍내를 닮은 아담한 도시가 눈에

든다. 해도에서 거리를 재어보니 걸어가면 한 시간 정도 걸릴만한 멀지 않은 거리다. 볼거리도 즐길거리도 없는 작은 도시, 거리도 가까워 기항시간이 짧다는 조바심에 상륙을 서둘 이유가 없다. 잠깐 시내를 둘러보고 씨맨스 클럽에 들러 새로 만나는 사람들과 어울려 바다에서 쌓인 회포나 풀면 그만이다.

쉬었다 해 질 녘에 나가기로 마음먹고 밀린 잠이나 잘 생각에 선실로 내려와 누웠지만 쉽사리 잠들지 못한다. 이 시간쯤, 다른 항구라면 육지에서 올라온 사람들과 선원들이 뒤섞여 떠드는 소리로 시끌벅적할 텐데 여기는 너무 조용하다. 일상과 다름없이 조용해 아직도 항해 중이 아닐까 하는 착각에 빠진다. 다른 게 있다면 24시간 울려대던 엔진소리가 들리지 않는다는 것뿐. 너무 조용하니 잠은 더 멀리 달아난다. 괜한 심술이 끓어오르려는 찰나, 셔틀버스가 도착했으니 상륙할 사람은 준비하고 나오라는 선내방송이 심란한 감성을 또 한번 뒤흔들었다. 그래도 항구는 항구, 자리를 털고 일어났다.

현문 앞을 서성이던 조타수가 외출하는 나를 보고 어깨를 툭 치며 따라나섰다. 배 옆에는 미니버스 한 대가 서 있다. 멀지 않은 거리이기에 다리운동도 할 겸 차로 가자는 선원들의 손길을 마다하고 걷기로 하였다. 항구를 나서니 시내로 이어진 시원한 도로가 초원을 가로지른다. 인도는 없다. 도로를 따라 펼쳐진 풀밭을 걸었다. 초원을 누비는 바람에 실려 온 싱그러운 풀내음이 코끝을 간지르고 폭신한 잔디의 감촉은 발바닥을 스며들어 온몸으로 퍼진다. 머나먼 이국에서 잊고 지내던 고향의 들녘을 걷는다.

선교에서는 눈앞에 보이던 시내가 한참을 걸어도 가까워질 줄 모른다. 오히려 초원에서 피어오르는 수풀의 열기 속으로 가물가물 멀어져간다. 초원의 향기와 잔디의 폭신한 감촉이 전해주던 감흥은 이미 잦아들었다. 발걸음은 점점 무거워진다. '괜히 걸었나.' '히치하이킹이라도 해야 하나' 후회가 밀려든다. 그러나 이미 시위를 떠난 화살, 다시 힘을 내서 터덜터덜 걸어가는 머리 위로 내리쬐는 햇살이 유난히 따갑다.

혼자 걷는 내가 애처로워 보였는지 지프 한 대가 옆에 멈추었다. 우람한 털보 아저씨가 고개를 내밀더니 타라고 손짓한다. 어색한 미소로 거절하고 또 걸었다. 천천히 멀어지던 지프의 꽁무니는 순식간에 초원 너머 건물 사이를 돌아들었다. 순간의 잘못된 선택 때문에 육신에는 괴로움이 더해졌다. 발길이 무거우니 이국의 정취는 사치가 되어 날아갔다. 타라고 할 때 탈 걸, 후회가 막심이다.

한 시간 남짓 걸었을까? 도심의 어귀로 접어들었다. 인적없는 조용한 거리, 잠시 앉아 쉬어 갈만한 장소도 없다. 역사가 짧아서 그런지 서구의 도시라면 흔하게 널린 광장도 보이지 않는다. 도시라기보다는 조용한 시골마을이란 표현이 어울리는 동네다. 여기저기 두리번거리며 걷는 내 모습이 어울리지 않는 옷을 걸치고 군중 사이를 떠도는 미아처럼 어색하다. 무작정 걷기도 피곤하다. 때마침 만난 덥수룩한 수염이 인상적인 노인에게 씨맨스 클럽으로 가는 길을 물어 재빨리 숨어들었다.

클럽 안은 단출했다. 탁구대와 당구대 하나씩, 기념품 몇 가지 들어있는 진열대가 전부다. 먼저 도착한 우리 배 선원들이 한쪽 테이블에 둘러앉아 맥주를 홀짝이고 있었다. 그들마저 없었다면 문밖으로 보이는 거리의 적막한 풍경과 진배없다. 한국의 도시에서 군상들로 복작이는 생활에 익숙해진 나에겐 스며들기 어려운 현실이다. 처음 만나는 사람들 틈에 섞여 먹고, 마시고, 떠들며 어울리려 했던 기대는 나만의 꿈이었다.

그래도 사람 사는 곳인데 뭔가는 있겠지 하는 기대를 품고 진열대 옆에 꽂혀있는 안내도를 가져다 펼쳤다. 마찬가지, 이방인의 호기심을 자극할만한 무언가를 찾아보지만 눈에 띄는 게 아무것도 없다. 우리끼리 탁구치고 당구치고 맥주를 홀짝이며 억지로 상륙의 즐거움을 찾았다.

항해 중 먹을 만한 주전부리를 사겠다고 마트로 나갔던 선원들이 대리점 직원을 데리고 돌아왔다. 배로 돌아갈 시간이다. 허전한 마음을 애써 감추고 차에 올랐다. 차창으로 스치는 거리는 낮에 보았던 어색한 도시가 아니었다. 거리도 건물도 노을 빛으로 갈아입고 더 쉬었다 가라고 유혹한다. 몇 잔 마신 맥주 때문인지, 기대를 채우지 못한 아쉬움 때문인지, 재미없는 상륙이었지만 점점 멀어지는 도시가 어딘지 모르게 허전해지는 마음을 잡아당긴다. 날이 저물면 젊은이들이 모인다는 노천 까페를 들르고 싶은 욕망을 억지로 누르고 눈을 감았다.

몇 시간 전에 작은 기대를 품고 힘겹게 걸어왔던 길, 차에 몸을 싣고 거꾸로 달린다. 같은 길, 같은 경치지만 나올 때와 느낌이 전혀 다르다. 항구와 상륙이라는 단어가 뱃사람에게 각인시킨 거부할 수 없는 이미지 때문이다. 긴 호흡으로 현실을 받아들이며 차가 흔드는 대로 몸을 맡겼다.

여타 항구에서의 상륙과는 다른, 지루한 듯 긴 하루였다. 입항을 위해 평소보다 일찍 일어나는 일이야 항해사의 당연한 임무다. 하지만 항구의 유혹을 이기지 못하고 예정보다 일찍 육지로 나설 때부터 뭔가 틀어진 느낌이다.

지구의 반대편에서 고향의 들길 같은 초원을 걸으며, 문화와 습관이 다른 이국의 거리를 서성이며, 새로운 것을 갈망하면서도 낯선 것을 자연스럽게 받아들이지 못하는 편협한 나를 보았다. 혹시나 했던 캥거루와 코알라는 보지 못했다. 대신 내 안에 갇혀 잊고 지내던 또 하나의 나를 만나고 돌아간다.

초원 너머로 노을이 붉게 타오른다. 하나의 태양이 물들인 하늘과 구름, 같지만 어딘가 다르게 와닿는 이국의 정취를 가슴에 담고 배에 오른다. 상륙은 붉게 타올랐다. 소리 없이 스러지는 노을처럼 언제나 뜨거운 미련을 남긴다. 갱웨이를 올라 현문으로 들어서기 전, 고개를 돌려 호주의 드넓은 초원과 하늘을 물들이는 노을을 바라보며 오늘을 지우고 다음에 만날 내일의 항구를 꿈꾼다.

9. 해도에 찍힌 점 하나, 그곳에 내가 있다

가로와 세로로 가늘게 늘어선 선뿐인 백지해도,
나에겐 이곳이 우주다.
해를 보고 별을 보며 우주에서 찾은 나,
하얀 백지에 작은 점 하나로 찍는다.

번버리를 출항하면 바로 눈앞이 인도양이다. 육지도 섬도 오가는 배도 없는 망망대해다. 인도양을 건너고 대서양을 종단하는 한 달은 족히 걸리는 기나긴 여정, 육지를 볼 기회는 아프리카 남단을 돌아갈 동안 잠시뿐인 대양항해다. 그만큼 단조롭고 지루한 날들이 기다린다. 배웅 나왔던 갈매기들마저 하나둘 시야 밖으로 흩어졌다. 이제부터는 나 자신과의 싸움이다. 눈앞에 펼쳐진 인도양을 바라보며 마음을 다잡는다.

대부분 항구에서 출항하면 하루 이틀 정도는 육지와 섬이 따라다닌다. 멀어져가는 육지와 불빛과 섬들을 바라보며 항구에서 묻어온 미련을 달래는 이별의 시간이 주어진다. 하지만 이곳은 뒤돌아볼 기회조차 없다. 출항에 뒤따르는 번잡한 마음이 사그라들기도 전에 육지는 수평선 너머로 가라앉았다. 항구에서의 시간을 되새

길 여유도 없이 망망대해로 들어선 것이다.

다행히 날씨는 청량하기 그지없다. 여름이지만 남극에서 불어오는 선선한 바람이 더위를 밀어냈다. 푸른 하늘에 드문드문 떠도는 뭉게구름은 북반구에 자리한 우리나라의 가을하늘을 연상시킨다.

얼마 지나지 않아 배의 위치가 해도의 한계를 벗어났다. 범위를 이탈한 항양도는 서랍장에 집어넣고 다음 해도를 펼쳤다. 이번엔 하얀 백지다. 육지도 섬도 등심선도 없다. 가로와 세로로 일정하게 그어진 가느다란 선들, 위도를 표시한 가로줄과 경도로 쓰이는 세로줄이 해도를 구성하는 전부다. 다음 해도가 필요하면 세로줄에 연필로 쓴 경도 표시를 지우고 지나온 거리만큼 변한 경도의 숫자를 다시 기입해 사용하면 그만이다. 이런 해도 같지도 않은 해도에 연필로 진하게 그어놓은 검은 선 한 줄, 코스라인을 따라 아프리카 남단까지 백지 위를 가야한다.

말없이 바뀐 해도를 유심히 바라보는 내가 이상했는지 조타수가 슬그머니 등 뒤로 다가와 한마디 던졌다.

"아무리 봐도 백진데 뭘 그렇게 쳐다보슈?"

내가 뭘 하고 있었지? 조타수의 갑작스러운 의미 없는 질문에 뭐라 대꾸할 말이 떠오르지 않았다. 그는 아무 말 못하고 멍하니 쳐다보는 내가 재미있는지 장난기가 가득한 표정이다.

"심심하면 커피나 한잔해요. 별일 없으면 난 내려가서 푸푸데크 (선미갑판) 정리하는 것 좀 도와주고 올 테니…."

불쑥 커피잔을 들이밀었다. 무심결에 내민 손에 커피잔을 쥐어 주고 조타수는 선교를 떠났다. 무슨 일이 있었지? 백지해도에 정신 팔린 나의 무의식 속으로 갑자기 뛰어든 조타수의 한마디가 머리를 텅 비게 만들었다.

커피잔을 손에 든 채 또다시 해도를 들여다보았다. 하얀 백지에 항양도에서 전위시킨 점 하나만 동그라니 떠 있다. 이곳이 우리의 위치다. 이미 육지는 레이더로도 잡을 수 없을 만큼 멀어졌다. 이제부터는 해와 별을 보며 위치를 구하고 갈 길을 찾아야 한다.

육분의(sextant)를 들고 윙 브릿지로 나갔다. 태양을 관측하여 얻은 위치선 한 줄을 해도에 기입했다. 복잡한 숫자를 계산하여 산출한 가시적인 결과물이다. 육분의로 관측한 태양의 고도, 크로노미터에서 얻은 관측시간, 알마낙(almanac)의 숫자들을 토대로 어렵사리 얻은 선이다. 이 선 중 어느 한 곳에 우리가 있다. 방위각이 다른 위치선이 하나 더 있다면 그 만나는 점이 현재의 위치다. 하지만 하나의 선으로는 점을 만들지 못한다. 비너스(금성)가 보이면 좋겠지만 해가 너무 밝아 육분의로도 잡히지 않는다. 점으로 표시되는 정확한 위치를 구하려면 해가 기울어 별이 보일 때까지 기다려야 한다.

하릴없이 알마낙의 깨알 같은 숫자들을 들여다보며 수에 대하여 엉뚱한 상상에 빠져들었다. 수는 언제 태어났을까? 원시 수렵시대에도 수의 개념이 있었을까? 다른 동물처럼 배부르면 그만인 시절에는 많다, 적다, 크다, 작다와 같이 현재 사용하는 수의 개념과는 질적으로 다른, 경계가 모호한 계량방법이 전부였을 것이다. 그럼 수와 숫자는 언제 만들어졌고, 언제부터 주인인 인간까지 지배하게 되었을까? 수많은 의문이 뇌리를 스친다.

언제부터라는 시기를 특정할 수는 없지만 인간이 저장이라는 축적수단을 알게 되면서 수의 개념이 잉태되지 않았을까 하는 생뚱맞은 생각을 해본다. 먼 옛날 동물과 다름없는 원시적인 생활에 만족하던 시절에는 굳이 숫자를 헤아리고 기억해야 할 이유가 없었다. 하지만 보관하는 방법을 터득하면 상황이 바뀐다. 더 크고 더 많은 것을 가지려는 소유욕이 발동한다. 사물을 계측하고 기억해야 할 개념도 요구된다. 이런 관점에서 보면 결국 수는 인간의 욕심이 빚어낸 산물이라 할 수 있다.

공동체의 몸집이 커지며 수에 대한 개념도 점점 명확해졌고 사용 빈도가 늘어나며 시공의 제약으로부터 벗어나려는 수단으로 숫자라는 모형을 만들었겠지. 그리고 수와 숫자를 매개로 세력의 강성함과 재물의 많고 적음을 비교하여 신분에 등급을 매겼고, 탐욕이 커지는 만큼 숫자로 비견되는 위력도 점점 강성해져 결국에는 인간의 심성까지 통제하는 지경에 이르렀을 것이다.

깨알같이 적힌 숫자와 의미 없는 씨름에 지쳐 갈 무렵, 마침 조타수가 데크정리를 마치고 다시 선교로 올라왔다. '뭐 할 일 없냐'고 묻길래 아주 쉬운 문제를 낼 테니 '가장 간단하게 단답으로 대답하라'는 조건을 달고 질문을 던졌다.

"몇 살?" "서른 둘, 알면서 와요?" 뻔한 걸 물으니 황당했겠지만 그래도 대답은 했다.

"알면서 와요는 빼고, 키는?" 설명 대신 생각할 시간을 주지 않고 되물었다.

몸무게는? 발 치수는? 생일은? …계속되는 장난기 섞인 질문에 처음에는 농담 삼아 순순히 대답하더니 갑자기 말을 끊고 나를 물끄러미 쳐다본다. 눈으로는 '너 미쳤니?'하고 묻고 있다. '대답 중에 숫자 말고 다른 말이 있었냐?'고 또 물었다. '글쎄 없었나!' 얼버무리며 또 쳐다본다. 이번엔 완전히 미쳤다고 단정 짓는 표정이다.

숫자가 인간의 생활상 깊숙이 파고들어 사고하고 판단하는 기준이 된 지는 오래다. 아니, 이미 숫자의 지배를 받고 있다. 단지 너무나 당연하게 받아들여 의식하지 못할 뿐이다. 현실을 들여다보면 이미 모든 것이, 물리적 조건은 물론 개인의 능력까지 숫자로 계량화되었다. 어릴 때는 IQ로 명석함을 따지고, 학생은 시험점수로, 직장인은 고과성적으로 줄 세우고, 소유한 재물의 양으로 개인의 능력치를 평가한다. 대화나 논쟁을 할 때도 숫자를 제시하지 못하면 불명확하고 합리적이지 못하다고 치부된다. 창의성은 수치로 증명하지 못하니 무시당하기 쉽고 감성은 생산성이 없다는 이유로 배척당한다.

바람, 파고, 시정, 속도, 거리 등 항해에 필요한 모든 데이터도 숫자로 인식되고 기록된다. 숫자를 이용해 해도 상에 현재의 위치를 도출하고, 그 위치를 다시 숫자로 전환하여 기록한다. 현재의 위치도 목적지도 가는 방향도 모두 숫자. 숫자로 표시되는 내 위치를 모르면 가야 할 방향도 찾지 못한다. 숫자에 지배당하는 삶이 융통성 없고 삭막해도 감성만을 내세워 배척할 수 없는 이유다.

수는 선명하지만 차갑고 감성은 모호하지만 따뜻하다. 숫자에 치우치면 인간미가 없고 감성에 치우치면 실속이 없다. 둘 나 버릴 수도 없고 한쪽으로 기울어서도 안 되는 딜레마를 품고 있다.

백지해도와 알마낙을 펼쳐놓고 숫자와 씨름하다 당직시간을 다 보냈다. 인수인계 준비를 해야 할 시간이다. 마음으로나마 숫자의 굴레에서 벗어나려 애쓰며 내가 가고 있는 위치를 하얀 백지에 점 하나로 찍는다. 그리고 윙 브릿지로 나가 바다와 하늘을 보며 인간의 숫자로는 상상할 수 없는 우주를 가슴에 품어본다.

10. 파도, 바다의 속삭임

바다는 말이 없다.
모든 것을 몸짓으로 보여준다.
그러나 마음을 열고 귀 기울이면,
파도가 들려주는 바다의 이야기를 들을 수 있다.

바다가 웃는다. 때 묻지 않은 어린아이처럼 깔깔거린다. 하얗게 피어나는 포말이 시리도록 반짝이며 짙푸른 바다를 가득 채웠다. 찰랑이는 파도 소리가 귓가를 간지린다. 눈과 귀가 모두 즐거운 항해다.

어머니의 손길에 흔들리는 포근한 요람처럼 편안한 롤링과 하는 듯 마는 듯 느릿느릿 움직이는 피칭이 항해의 즐거움을 더해준다. 바다에선 돌고래 한 무리가 뱃전으로 다가와 파도 위로 솟구쳐 오르며 같이 놀자고 유혹한다. 하늘을 보고 있으면 며칠 전부터 마스트 위를 선회하며 따라오는 세상에서 가장 큰 날개를 가진 갈매기, 알바트로스 너댓 마리의 유려한 비행을 따라 내 영혼도 한마음으로 날아오른다. 돌고래의 유영은 날렵하고 기가 충만하며 활공하는 알바트로스의 우아하고 넓은 날개는 꿈을 싣고 날기에 충분하다. 바다를 보아도, 하늘을 보아도 서로를 보듬는 친구가 있으니 결코 외롭지 않은 항해다.

윙 브릿지 난간에 몸을 기대고 찰랑는 파도밭을 놀이터 삼아 뛰노는 천진난만한 돌고래와 바람에 몸을 맡긴 채 활공하는 갈매기를 나만의 세계로 초대하여 묵언의 대화를 나눈다. 하늘, 바다, 파도, 돌고래, 갈매기. 모두가 다르지만 지금은 하나다. 각자의 방식대로 자유로움을 누리면서도 하나의 고리로 잘 어우러진 공존상태다. 누구의 간섭도, 어떤 강요도 없이 스스로 하나가 되는 자연의 조화 속 한가운데를 차지하고 있으니 절로 무아지경에 빠져든다.

앞으로 긴 나날 동안 항해를 하다 보면 뜻하지 않은 어려움도 만나게 되겠지만 그것은 차후에나 다가올 불확실성, 지금은 오후 당직의 느긋한 여유를 즐겨도 좋을 시간이다. 시원한 바람과 찰랑이는 파도소리가 어우러져 멋스러움을 더해주니 그저 고마울 따름이다. 오늘은 당직근무를 마치면 운동은 생략하고 천천히 데크를 거닐며 더 가까운 곳에서 바다와 돌고래 그리고 하늘과 갈매기를 눈에 가득 담으며 바다가 선물하는 행복을 만끽하자고 마음먹었다.

내 마음이 전달되었는지 교대시간이 한참이나 남았는데 일항사가 선교로 올라왔다. 그러나 기대가 크면 실망도 크다고 했다. 정시보다 이른 시간에 교대를 할 수 있겠다는 희망은 금방 사라졌다. 일항사는 당직의 인수인계에는 관심을 두지 않고 조타실로 들어서자마자 선내방송용 마이크를 잡았다. 하긴 일상적인 교대라고 해도 사방이 수평선뿐인 망망대해에서 인수인계를 해야할 만큼 중요한 내용이 뭐가 있겠는가.

일항사는 의아해하는 나를 투명인간 취급하며 곧바로 방송을 시작했다. 전 선원은 하던 일을 중단하고 즉시 휴게실로 모이라는 간단한 멘트였다. 이유는 말하지 않았다. 그리곤 얼른 조타수를 데리고 휴게실로 내려가라고 재촉한다. 우리와 말을 섞으며 함께 있는 것 자체를 의도적으로 피하는 것 같다. 무슨 일인지 한마디 묻고 싶었지만 일항사의 완고한 태도에 아무 말도 못하고 쫓겨나다시피 미적미적 조타실을 나왔다.

먼저 와서 휴게실을 가득 메운 선원들도 무슨 영문인지 모르는 듯 서로를 쳐다보며 웅성거린다. 휴게실 중앙탁자 위에 올려진 먹음직스러운 시루떡에는 촛불 하나가 켜져 있었다. 그 옆에는 작은 엽서 한 장이 꽂혀있다. 맥주와 간단한 안주도 테이블마다 놓여있다. 차려진 모양새를 보면 누군가의 생일을 축하하기 위해 준비한 자리로 여겨진다. 그러나 지금까지 이렇게 내놓고 전 선원이 모여 생일을 축하하는 전례가 없었기에 고개를 갸웃하게 만든다. 대부분은 자기의 생일을 알리지도 않았고, 알려진다고 해도 사주부에서 준비해 주는 간단한 안줏거리를 가지고 마음이 통하는 몇몇이 모여 술잔을 나누며 소소하게 보내는 시간이 전부였다. 그러니 모두가 이 특별한 상황을 의아스럽게 바라보는 것이 당연하다.

잠시 후 선장이 들어서며 모두 탁자 주위로 모이라고 했다. 그리곤 나와 함께 내려온 조타수를 옆으로 부르더니 촛불을 끄고 엽서를 크게 읽어보란다. 어리둥절하며 마지못해 촛불을 끄고 멋쩍게 엽서를 꺼내 읽던 조타수의 눈에 보일 듯 말 듯 이슬이 맺혔다.

잠깐의 침묵이 흘렀다. 사주장이 득녀를 축하한다며 뒷춤에 감추고 있던 샴페인을 터트려 조타수에게 뿌릴 때서야 상황을 알아차렸다. 한순간, 약속이나 한 듯 너 나 할 것 없이 그의 주변으로 우르르 모여들어 등을 두드리고 맥주도 뿌리며 함께 기뻐한다. 나이도 적지 않고 결혼한 지 수 년이 지나도록 아이가 생기지 않아 고민하며, 외롭게 홀로 집에 남아있을 아내를 걱정하던 그의 사정은 아름아름 모두에게 알려져 있었다.

매사에 과묵하지만 누구하고도 스스럼없이 잘 어울려 지내는 호인이었다. 자신을 들어내지도 않았고 남을 탓하지도 않았다. 선배에게는 살가운 동생이었고 후배에게는 믿음직한 형이었다. 일상에 감추어져 내색은 안 했어도 그의 근심 어린 속내를 한마음 으로 공유했기에 가능한 동료들의 진심이 묻어나는 축복이 제삼자 인 내 눈에도 쉽사리 읽혀진다. 진심이 따르지 않으면 연출될 수 없는 광경이다.

모두가 함께 기뻐해 주며 딸 이름은 서로 자기가 지어 주겠다고 아우성이다. 마치 역전 만루홈런을 치고 덕아웃으로 들어서는 동료를 맞이하는 소란스러운 장면을 연상시킨다. 어쩔 줄 몰라

하는 조타수의 멋쩍은 웃음이 파도의 포말처럼 싱그럽고 행복이 넘쳐 흐른다.

선장이 다시 큰 목소리로 어수선한 분위기를 잠재우고 상황을 설명해주었다. 득녀를 했다는 전문은 이미 몇 시간 전에 받았다고 한다. 기쁜 마음에 빨리 알려주고 싶었지만 한국에서 출산한 시간과 동일한 선내시간에 맞추어 작은 이벤트를 마련하느라 늦은 것이니 서운해하지 말고 마음껏 축하해 주고 기쁨을 함께 즐기라고 흥을 북돋았다. 모두가 다시 한 번 조타수의 늦은 득녀와 선장의 재치넘치는 센스에 아낌없는 박수를 보냈다.

장난기 많은 조기장이 사주장을 탁자 앞으로 밀어 세우며 뭐할 말 없느냐고 다그친다. 비록 등은 떠밀렸지만 사주장이 지어보이는 여유로운 미소는 이미 준비되어있다는 의미다. 저녁 시간은 시끌벅적하게 먹고 마시며 새 생명의 탄생을 축복하며 보내는 즐거운 하루가 될 것이다.

야간당직 중 조용한 밤이면 가끔씩 보았던, 아린 속내를 감추고 홀로 어두운 밤하늘을 응시하던 그의 무거운 뒷모습은 이제 과거가 되었다.

봄은 땅속부터 온다고 했다. 아무리 추워도 준비된 계절은 때가 되면 찾아온다. 간절함에서 승화된 열정과 노력은 걸맞는 결실을 맺게 마련이다. 은근하게 올라오는 지열이 당장 지표의 눈을 녹이지는 못해도 결국 봄의 새싹을 움 틔우듯, 자신을 내세우거나 남을 탓하기에 앞서 묵묵히 최선을 다한다면 종국에는 질시와

냉대가 아닌 환호와 신임으로 보답받는다.

휴게실의 왁자함을 뒤로하고 데크로 나왔다. 활공하는 갈매기를 따라 천천히 선수로 걸어가 뱃전에 기대어 바다를 바라보았다. 남극에서 불어오는 상쾌한 바람이 온몸을 휘감고 돌아든다. 발 아래서 찰랑이는 파도 소리가 윙 브릿지에서 보고 들을 때와는 또 다른 정겨운 이야기를 들려준다.

바다의 이야기는 높은 절벽서 물안개를 내뿜으며 떨어지는 폭포수처럼 장엄하지도 않고 커다란 강당에 울려 퍼지는 오케스트라 연주나 합창단의 합창처럼 웅장하지도 않다. 그러나 조용한 새벽을 깨우는 산사의 풍경소리처럼, 가을운동회 날 학교의 담장을 넘어오는 활기찬 아이들의 재잘거림처럼, 화사한 봄날 너른 들녘에서 쟁기질하는 나이든 농부의 머리 위로 쏟아지는 종달새의 지저귐처럼 귀를 맑게 해주는 청량함으로 다가온다. 파도는 그렇게 심연 속 깊이 감추어두었던 바다의 이야기를 우리에게 속삭인다.

11. 희망봉, 새로운 도전

미지를 향한 길목은 흥분과 더불어 두려움을 동반한다.
미지에 대한 기대와 두려움
변화를 꽃피울 수도, 미래를 얽매는 족쇄가 될 수도 있다.
우리는 미지를 두려워하지 않는다.
그래서 마도로스다.

낮게 내려앉은 옅은 구름과 어우러져 육지인 듯, 아닌 듯 흐릿한 잔영이 수평선을 떠돈다. 고대하던 아프리카 대륙의 남단이 눈에 어른거린다. 이미 한참 전에 레이더로 확인했지만 긴 항해 끝에 마주하는 육지라 조금이라도 빨리 직접 눈에 담고 싶은 마음이 간절하다.

그림자같이 흐릿하던 잔영이 점점 짙어지며 형체를 드러냈다. 시원한 바람이 구름을 몰고 갔을까. 한순간 시야가 훤히 뚫리며 아프리카 대륙의 최남단 아굴라스곶이 검은 그림자를 벗고 모습을 드러냈다. 망원경의 초점을 맞추니 대륙의 끝에서 바다를 지켜보고 있는 작은 등대가 보인다. 갯바위에 올라앉은 아담한 등대가 남극에서 불어오는 찬바람과 거친 파도를 온몸으로 맞서며 묵묵히 버티고 서있다. 작지만 당당하다. 세인들에게는 보잘것없는 평범한 등대지만 인도양과 대서양을 오가는 뱃사람들에게는 없어서는 안 되는 중요한 물표다.

아굴라스등대를 돌아서면 희망봉이 나타난다. 대서양으로 들어서는 길목이다. 인도양을 횡단하는 하나의 여정이 끝나고 대서양을 종단하는 새로운 여정의 첫발을 떼는 시작짐이다.

"저게 희망봉인가요?"

일요일이라 그간 공부한 내용을 점검해 보겠다고 조타실에 올라와 있던 실습선원이 아굴라스 등대를 가리키며 물었다. 인도양을 건너면 희망봉이 제일 먼저 반길 거라는 기대 때문일까. 희망봉은 아직 멀었다는 대답을 듣고도 망원경에서 눈을 떼지 못 한다.

무의식적으로 튀어나온 '저게'라는 단어에서는 기대를 저버린 실망스러운 감정이 읽혀진다. 그럴만하다. 희망봉이라 하면 많은 사람들에게 아프리카 최남단에 자리한 멋들어진 산봉우리일 것이라고 인식되어 있다. 삼 년 전인가? 케이프타운에 입항하기 전까지는 나도 그랬다. 누구도 말해주지 않았지만 "희망봉(Cape of Good Hop)"이란 단어가 심어주는 선입견이 뭔가 다를 거라는 환상으로 자리잡았다. 처음 발견했을 당시 애초에 붙여진대로 '폭풍의 곳(Cape of Storms)'이라는 이름으로 굳어 졌더라도 지금 같은 이미지로 각인되었을까. 아닐 거라는 생각이 먼저다.

'그럼 희망봉은 어디냐'는 실습선원에게 해도에서 위치를 찾아주었다. 디바이더로 거리를 재보더니 '아직 멀었네. 근데…'하며 혼잣말인데도 끝을 맺지 못한다. 그의 말투에는 희망봉에 대한 여운이 아직도 묻어난다. 인도양을 건너면 처음 마주하는 육지가 희망봉이고 그곳이 아프리카의 최남단일 것이라는 확신에 찬 기대가 그의 의식을 붙잡고 있기 때문이다.

이미지로 사물을 판단해선 안 된다. 선입견에 세상을 가두어서도 안 된다. 자아에 몰입된 이미지나 선입견은 자칫 편견으로 굳어져 세상을 보는 눈을 어지럽힐 가능성이 농후하다. 물론 자아 중심으로 세상을 보고 판단하려는 인간의 심성에 틈만 보이면 선입견이 스며드는 건 어쩔 수 없다. 그러나 헤어날 수 없을 만큼 깊게 뿌리내리고 자라나 자신의 사상에 굴레를 씌우기 전에 현실을 직시하고 벗어던져야 한다. 콜럼버스가 계란 하나로 중세시대 대중을 지배하던 보편의 선입견을 깨트린 것처럼.

육지와 가까워지자 대서양과 인도양을 넘나드는 길목답게 점점이 떠 있는 서너 척의 선박이 시야에 들어왔다. 얼마 만에 조우하는 선박들인가. 반갑기 그지없다.

모두들 나처럼 육지를 반기며 즐거워하겠지. 대양을 건너는 지루한 항해에 지친 심신을 달래며 밖으로 나와 육지를 바라보며 도란도란 이야기도 나누겠지. 일면식도 없지만 친근한 동료애가 샘솟는다.

이곳을 통과하면 또 다른 대양이 기다리지만 어차피 가야할 길, 지나는 길목의 이정표 하나를 눈으로 확인하며 잠시나마 대양

항해에 필연으로 따라드는 고단함과 무료함을 잊어버린다. 그리고 큰 심호흡 한 번으로 내면에 잠자는 미지를 향한 두려움을 떨치고 잠들었던 세포에 활력도 불어넣는다.

몇 시간 더 가면 우람하게 솟아오른 테이블 마운틴 아래 외로이 자리한 작은 바위산, 희망봉이 나타날 것이다. 희망봉이란 검은 갯바위가 전해주는 의미를 제대로 받아들려면 선입견이 지배하는 환상으로 각인된 이미지부터 지워야 한다. 관목지대를 뛰쳐나와 테이블 마운틴의 거대한 바위 끝에 우뚝 서서 희망봉과 그 너머, 먼 바다를 바라보는 흰사자의 용맹한 자태는 소설 속의 이야기다. 실상을 직시하면 거친 풍파에 시달리는 왜소한 바위산이 애처로워 보일 수도 있다.

대서양을 건너 온 배들은 그 작은 갯바위를 돌아서면 커다란 바위산이 파도를 막아주는 조용한 만(灣) 하나를 만난다. 테이블 만(Table bay)이다. 대항해 시대엔 많은 배들이 이 조그만 만 안으로 깃들어 잠시 쉬어가는 안락한 기착지였다. 거친 바다와 맞서는 고단한 항해에 지친 몸, 조용히 쉴 장소를 찾았다고 알려주는 고마운 징표를 보았으니 희망봉이란 이름도 제법 어울린다.

오늘 우리는 반대의 길을 간다. 희망봉을 돌아서면 대서양을 만난다. 이번 항차에서 가장 어려운 고비들이 숨어있는 바다를 종단하는 쉽지 않은 여정이다. 단기간에 통과할 수 있는 작은 바다도 아니다.

'아무도 가지 않은 길은 없고 다만 내가 처음 가는 길'이라고 어느 시인이 말했다. '두려워 말라'고도 했다. 바다를 향한 꿈이 커가던 시절의 대서양은 지구 반대 편에 위치한 아틀란티스의 전설을 간직한 낯선 바다였다. 하지만 이제는 더이상 미지의 세계도 전설의 바다도 아니다. 수백 년 전부터 수많은 선박들이 욕망을 싣고 동과 서로, 남과 북으로 오가는 무역로 중 하나일 뿐이다. 더욱이 내가 처음 겪는 바다도 아니다. 호주 담피아에서 소금을 싣고 브라질 리오 데 자네이로를 갈 때도 건넜었고, 파나마 운하를 지나 프랑스의 보르도에 가면서도 만났었다. 다만 대서양의 남쪽 끝에서 북쪽 끝까지 종단하며 마주칠 하루가 다르게 변하는 기후와 북대서양에서 만나게 될 겨울 파도가 부담스러울 따름이다.

인수인계를 준비하기 전에 마지막으로 레이다를 확인했다. 둥근 화면의 가장자리에 테이블 마운틴의 영상이 노랗게 반짝인다. 혹시나 기대를 품고 망원경의 초점을 맞추었다. 기대했던 테이블 마운틴은 낮은 구름에 가려 보이지 않고 한 무리 갈매기 떼의 부산한 움직임이 렌즈를 가득 채웠다. 자세히 살펴보니 날렵하게 바다로 자맥질하고 부산하게 날아오르는 어지러운 혼돈으로 수표면이 들끓는다. 벵겔라해류가 남극에서 실어온 풍성한 만찬을 즐기고 있는 것이다. 수면 아래 모여들어 잔치를 벌이고 있을 돌고래와 상어, 바다사자 무리의 춤사위와 포식자를 피해 달아나는 물고기 떼의 군무가 환영으로 비친다.

남극해에서 출발하여 아프리카 대륙을 따라 흐르는 벵겔라해류는 크릴, 꽁치, 청어 등 풍성한 먹거리를 실어와 바다에 기대어 살아가는 수많은 생명에게 풍요를 선물한다. 그뿐만이 아니다. 흐름대로 몸을 맡기면 해류의 걸음만큼 배의 속도를 더해주는 고마운 존재다. 그렇지. 대권항해로 인도양을 건넜으니 우리도 해류를 탓겠지. 급히 선위를 측정하여 속력을 비교하니 평균항속보다 빠르다. 배도 해류에 올라앉았으니 더 빠른 속도로 대서양이 다가온다.

당직을 인계하기 전에 다시 한 번 망원경을 들여다보지만 내가 바라던 그림은 아직이다. 잰걸음으로 한두 시간은 더 달려가야 흰 구름을 이불처럼 둘러쓴 육중한 바위산의 근엄한 자태를 볼 수 있다. 그 바위산의 그늘 아래 그리던 희망봉이 자리한다. 휘몰아치는 남극의 찬바람을 끌어모아 물안개로 토해내는 검게 멍든 갯바위의 가슴 저미는 영상이 눈에 어른거리지만 조금 더 기다려야 실물을 만난다.

무거운 등대를 머리에 인 채 거친 파도와 싸우고 있을 조그만 바위산이 좀처럼 자리를 뜨지 못하고 머릿속을 맴돈다. 희망봉이란 이름이 던지는 환상은 털어버렸지만 의식의 저변에 뿌리내린 동경의 그림자까지 지우지는 못했다. 수줍게 고대하는 스스러움을 나 자신에게도 감추고, 대서양의 길목에 내딛는 첫 발자국을 확인하려 했을 뿐이라고 애써 자위하며 망원경을 내려놓았다. 초점 잃은 동공에 비치는 바다 위에는 희망봉 대신 뭉게구름이 점점이 흘러간다.

자아 속의 희망봉은 환영으로 떠돌고, 현실의 희망봉은 수평선 너머에서 기다린다. 한 눈에는 수평선 너머 거친 파도와 싸우는 바위산을 가득 담고, 한 눈으로는 수평선 위를 떠도는 한 점 구름을 바라보며, 마음속에 품었던 희망봉의 이미지와 현실에서 마주하는 희망봉 사이의 간극만큼 세상을 보는 눈이 넓어지기를 희망해 본다.

12. 항적, 바다 위의 발자국

하늘과 바다가 그린 원의 중심에 내가 있다.
사람들은 그곳을 망망대해라 부른다.
선미에 길게 매달린 항적만이
하얀 눈 위에 남겨진 발자국처럼,
그동안 걸어온 고달픈 여정을 보여준다.

수평선은 바로 눈앞에 있다. 손을 뻗으면 손끝에 닿을 듯, 보듬으면 손안에 잡힐 듯. 하지만 가도가도 여전히 그 자리에서 다가오지 않는다. 멀어지지도 가까워지지도 않는 딱 그만큼의 거리다.

한바탕 소나기가 지나간 여름날, 아랫마을 과수원 사과나무 가지에 살며시 내려앉은 무지개의 기억이 선명하다. 어린 마음에 빨리 쫓아가면 그 끝자락을 만져볼 수 있겠다는 희망을 품고 한달음에 달려갔지만 무지개는 어느새 개울 건너 들판으로 달아난 뒤였다. 다가가면 한 걸음 물러서고 돌아서면 한 걸음 다가왔다. 무지개도 수평선도 사랑을 마주잡고 밀당하는 연인을 연상시킨다.

항해가 지루하다. 아니, 네 시간이란 당직시간이 지루하다. 하루하루 변함없는 똑같은 일상이 며칠째 반복된다. 자동조타로 항해

중이고 조우할만한 위험도 없다. 시간이 남아도는 나른한 날들의 연속이다. 무슨 일이든 행동으로 실천하며 활력을 찾아야 하는데 어느 것 하나 쉽사리 손에 잡히지 않는다. 그렇다고 할 일이 없는 것도 아니다. 밀린 해도보정도 해야하고 담당하는 항해파트 물품의 재고를 파악하여 모자라는 품목은 필요한 만큼 다음 기항지에서 보급받도록 조치도 취해야 한다. 하지만 마음일 뿐 몸이 따라주지 않는다.

스멀스멀 찾아들어 전신을 짓누르는 무료함을 털어버리고자 윙 브릿지로 나가 심호흡을 크게 해보았다. 기대를 외면한 후끈한 남양의 열기가 온몸을 달군다. 남극에서 불어오는 청량한 대기의 상쾌함은 사라진 지 오래다. 쉴 줄 모르는 스크류가 남긴 기나긴 항적만이 서서히 서쪽으로 기우는 햇살에 반짝이며 지루한 꼬리를 흔드는 오후다.

조타실에서 새어 나오는 인기척을 느끼고 고개를 돌렸다. 선장이 운동복 차림으로 올라와 커피를 끓이고 있었다. 늦은 오후에, 더구나 운동복 차림으로 선교에 올라오는 일은 흔치 않기에 무슨 일이 생겼는지 궁금해 서둘러 조타실로 돌아갔다.

커피잔을 손에 든 선장이 배 주위를 살피더니 선수 멀리 뭉쳐 오르는 먹구름을 가리켰다. 갑판에 비가 뿌리지 않게 충분히 거리를 두고 돌아가란다. 무덥고 지루한 오후라 일부러 스콜 속으로 찾아들고 싶은 심정인데 왜 피해서 가라고 하는지 납득이 안 된다. '중요한 작업이라도 있나?' 고개를 갸웃거리며 갑판을 내려다보았지만 작업하는 선원은 보이지 않았다.

의아해하는 나의 심정을 들여다보고 있다는 듯 선장이 빙긋 웃으며 한마디 던졌다.

"저녁에 맥주를 실컷 마시고 싶으면 절대 스콜 속으로 들어가지 말그래이."

말하는 의도를 알 수 없으니 의문을 풀어주기는커녕 오히려 궁금증을 더한다.

비구름이 나타나면 멀찍이 돌아가라. 선장은 이유 모를 지시를 남기고 서둘러 윙 브릿지 계단을 통해 선미로 내려갔다. 가벼운 발걸음이 마치 소풍 가는 날 집을 나서는 어린아이 같다. 티 테이블 위에 올려놓은 커피잔에는 반쯤 남은 커피가 주인을 잃은 채 식어가고 있었다.

레이더를 켜고 구름이 흐르는 방향을 파악했다. 한순간에 뭉쳐 올라 비를 뿌리고 사라지는 해양성 스콜이라 움직임이 느리고 간단하다. 수동조타로 전환하고 구름이 흐르는 반대 방향으로 키를 돌렸다. 뒤따라 오던 꼬리 긴 항적이 시위를 당긴 활처럼 유선으로 휘어졌다. 어떻게 알았는지 조타수가 올라와 대신 키를 잡아주었다. 이제 키는 조타수에게 맡기고 비구름만 추적하여 피하면 된다. 거리도 충분하니 서둘 이유도 없다. 주위를 살펴보았 지만 선장이 가리켰던 구름 외에 비를 품었을 만한 다른 구름은 보이지 않는다.

선미에서 와작거리는 소리가 들려왔다. 여유가 생기니 궁금증이 일었다. 윙 브릿지로 나가 소리가 나는 쪽, 선미를 내려다보았다. 선원들로 북적인다. 웃고 떠드는 모습이 작업 때문에 모인 것 같지는 않다. 무슨 일이 생겼나 싶어 방금 그쪽에서 올라온 조타수에게 어떤 상황인지 물었다.

조금 전 선미에서 골프를 치던 선장과 기관장이 마침 구경나온 조리사로부터 저녁 메뉴가 갈비구이라는 말을 듣고는 둘이 퍼팅 게임을 하여 지는 사람이 저녁식사 때 전 선원에게 맥주를 사기로 하였다. 그리고 이를 전해 들은 일항사와 일기사가 협의하여 오늘은 일과를 중단하고 전 선원이 모여 함께 응원하기로 결정하면서 예정에 없던 작은 축제가 만들어졌다.

연무에 휩싸인 것처럼 고요하고 습한 날이 수일째 배 주위를 감싸고 돈다. 지금쯤이면 선원들이 변화 없이 이어지는 하루하루에 동질의 지루함을 느낄만한 시간이다. 사계절이 뚜렷한 중위도 지방의 기후에 길들여진 선원들이 저위도지방의 뜨거운 태양과 칙칙한 습기에 불쾌지수가 치솟아 자칫 생활패턴을 잃기 쉬운 날씨다. 더욱이 신체리듬이 적응할 사이도 없이 며칠 사이에 온대에서 열대로 그리고 다시 온대로 빠르게 변한 기후는 알게 모르게 우리 몸과 마음을 지치게 만든다. 비록 눈에 보이지는 않지만 선내생활의 생기를 빨아먹는 꺼림칙한 검은 그림자가 도사린다. 나태에 찌든 염세적인 사고가 선원들 사이를 비집고 들어 안개처럼 퍼져나갈 악조건이 사방에 널려있다.

이런 불쾌지수가 치솟는 환경에서는 작은 일에도 순간의 감정을 다스리지 못해 상호 간의 갈등으로 비화되는 사건도 종종 일어난다. 이를 모를 리 없는 노련한 선장과 기관장이 괴어 드는 구정물처럼 탁해지는 선내 분위기 속으로 내기퍼팅이라는 조그만 돌멩이를 던진 것이다. 조그맣게 시작된 파문이지만 점점 크게 퍼져나가 하루하루 시들어가는 일상의 활력을 되살리려고 의도적으로 끌어올린 마중물이다.

바람 한 점 없는 적도무풍대를 연상시키는 조용한 날씨. 보이는 것이라고는 하늘과 바다 그리고 경계를 가늠하기도 힘든 희미한 수평선뿐, 무겁게 일렁이는 파장 긴 스웰마저 한결같아 지루함을 더한다. 시간에 구애받지 않는 일상이니 마음을 다잡고 여분으로 주어지는 시간을 유용하게 활용하면 좋겠지만 고단함보다 편안함을 반기는 인간이기에 말처럼 쉽지 않다.

여분은 많지만 여유가 없는 시간. 이런 모순된 상황에서 탈출하려면 크든 작든 정체된 마음을 흔들만한 변화가 필요하다. 단순한 육체적인 고단함이라면 휴식으로 극복하겠지만 정신적인 피로에 따르는 무력감은 쉰다고 해결되지 않는다. 오히려 휴식이라는 미명하에 의미 없이 허비되는 시간은 더 깊은 나태의 나락으로 빠져들게 만드는 악마의 손짓이다. 비록 즉흥적이고 큰 의미도 없는 작은 게임이지만 함께 어울려 즐기는 이런 한바탕의 소동에서 생성되는 에너지가 파급되면 모든 선원들이 활력을 되찾는 계기가 될 수도 있다.

경영자의 관점에서는 하루의 일과를 뒤로 한 채 전 선원이 모여서 웃고 떠드는 시간이 생산성 떨어지는 시간낭비로 보일지도 모른다. 하지만 이런 단순한 이벤트도 우리같이 고립된 집단에게는 공동체의식을 높이고 서로를 배려하는 마음가짐을 다잡는 동기를 부여한다. 긴 안목으로 보면 시간낭비가 아니라 선순환의 효과를 부르는 가치를 지닌다.

선미 쪽에서 와자거리는 소리가 점점 커져 간다. 빨리 어울리고 싶은 마음에 조급증이 생겨 무의식적으로 시계를 보았다. 당직을 마칠 시간이 얼마 남지 않았다. 교대를 준비하는 손길이 여느 때보다 분주하다. 마음은 이미 선미로 달려간다. 항해사라는 직책 때문에 한동안 잊고 지내던, 함께 어울리고 부대끼며 즐거움을 채우는 사회적 동물의 본성이 깨어나는 순간이다.

스콜을 쏟아내던 먹구름이 풀어진 실타래처럼 엉성하게 흐트러져 남양의 열기 속으로 숨어들었다. 원래의 코스라인대로 침로를 되돌리고 뒤를 돌아보았다. 선미에서 따라오던 항적의 긴 꼬리가 한바탕 쏟아진 스콜에 잘려나간 자리엔 살가운 파도가 찰랑인다.

잠시 후면 스콜에 끊어진 항적의 꼬리는 지워지기 전과 똑같은 모습으로 수평선까지 다시 이어지겠지만 그것은 오늘의 그림자가 아니라 내일의 희망에 한 발 더 다가서며 새롭게 새겨지는 신선한 발자국이다.

13. 해무, 반갑지 않은 손님

말없이 바라보고 계시는 아버지의 침묵처럼,
깊고 무거운 해무가 사위를 감싸고 돈다.
간간이 울리는 저음의 무중신호,
긴 기적소리만이 자욱한 안개 속으로 잔잔히 퍼져나간다.

희뿌연 연무가 수일 째 걷히지 않고 배 주위를 감싸고 흐른다. 안개를 씻어 갈 바람을 기다리지만 감감무소식. 시야가 답답하니 항해는 지루하고 몸마저 무겁다. 주기적으로 길게 울리는 무중신호도 그저 귀에 거슬리는 의미 없는 소음으로 귓가를 맴돈다. 농무도 아니고 조우하는 선박도 없는 대양이니 위험하거나 크게 신경 쓰이는 상황은 아니다. 하지만 선잠으로 뒤척이다 가위눌려 깨어난 것처럼 하루하루가 꺼림칙하고 몸에는 생기가 돌지 않는다.

기분 전환이 필요한 때다. 기관실과 직접 교신하는 마이크를 집어들었다. 호출신호를 보내자 기다렸다는 듯 금방 반응이 날아왔다.

"인계 준비 중인데, 무슨 일입니까?"

끼 넘치는 이기사의 대답이 오늘은 제법 점잖다.

이 친구도 농무에 지쳐 시들어가나? 큰 의미를 두지 않고 날씨 탓으로 돌렸다.

"날씨도 꿈꿈한데 기분전환도 할 겸 탁구 한판 붙자고, 당직 마치고 선실로 가지 말고 총알같이 운동실로 와."

명령 같은 제안을 하였다.

"난 또…."

하루가 멀다 하고 다반사로 오가는 제안이니 당연히 한 판 붙자는 패기 넘친 답이 올 줄 알았는데 예상 외로 말꼬리를 흐린다.

"대답이 왜 그리 트릿해."

이유를 다그쳤다.

이번엔 이기사가 아닌 일기사의 목소리가 스피커에 울렸다. 예상치 못한 상황이다. 교대하려면 한참이나 남은, 너무 이른 시간에 일기사의 등장은 의외다. 이기사의 어정쩡했던 대답이 뇌리에 겹치며 불길한 그림자가 엄습한다. 불길한 예감은 비켜가지 않는다고 했던가. 당황한 마음을 추스르기도 전에 일기사의 멘트가 뒤따랐다. 자율판매 문제로 선내 분위기가 뒤숭숭해서 잠시 후에 선장이 전 선원을 소집할 것이라고 한다. 이렇다 저렇다 설명은 없었다. 무거운 분위기에 무슨 일이냐고 재차 물어볼 엄두가 나지 않는다.

그간 나만 모르는 일이 있었나? 의문이 꼬리를 문다. 궁금증에 마음이 심란해 자율판매를 담당하는 사주부에 내용을 알아보려고 수화기를 들었다. 다이얼을 돌리려는 찰라 선장이 조타실로 들어섰다. 선장의 갑작스러운 방문도 의외다. 간단한 오더면 전화로 얘기하지 당직교대가 얼마 남지 않은 늦은 시간에 굳이 조타실까지 올라올 일이 아니다. 문제가 생각보다 심각하다는 의미다.

선장이 다가와 근간에 일어난 일들의 내막을 알려주었다. 같은 배를 타지만 야간당직인 관계로 일반선원들과 생활패턴이 달라 선내에서 발생하는 잡다한 상황들을 제대로 접하지 못한데 대한 선장의 배려였다.

내용인 즉, 며칠 전에 지난달 시행된 자율판매 내역을 정산해보니 비치량과 판매량 사이에 단순한 실수로 치부하기 어려울 정도로 큰 차이가 발생하였다. 각자 필요한 물품을 냉장고에서 꺼내 가고 옆에 걸린 장부에 기재하면 월말에 집계하여 정산하는 편리한 판매방식이다. 여러 사람이 자유롭게 이용하기 때문에 자신도 모르게 기입 내용을 누락해서 생기는 사소한 차이는 종종 있어 왔지만 지금까지는 금액 차이가 미미해 예비비로 정산해도 아무 문제가 없었다. 그런데 지난달의 정산 결과는 의외로 차액이 커서 사주부 단독으로 무마하기에는 부담이 되었던 것 같다. 선장을 찾아와 일련의 상황을 보고하고 적절한 조치를 모색해 달라는 사주장을 '여러 사람의 실수가 겹친 결과일 수도 있으니 선내 분위기를 고려하여 한 달만 더 두고 보자'고 설득하여 이번에는 조용히 넘어가기로 하였단다.

그런데 그날 저녁 식사자리에서 사주장이 고참선원들과 나눈

대화가 문제의 발단이 되었다. 물론 서로 조심하고 장부기재에 좀 더 신경 쓰자는 취지로 이야기를 꺼냈을 것이다. 하지만 대화 도중 일부는 이런 불편한 상황을 불러온 사주부에 대하여 강한 불만을 토로하기도 했으며 일부는 차라리 자율판매를 아예 중단하자고까지 흥분하였다고 한다. 마침 식사 중이던 많은 선원들이 지켜봤을 터, 달갑지 않은 문제로 고참 선원들 간에 의견충돌이 있었고 명쾌한 결말도 없으니 선내 분위기가 뒤숭숭해지는 것은 자명하다.

전에는 없던 일이 부산에서 교대선원이 승선한 후부터 생기기 시작했다는 암울한 루머까지 암암리에 돌아다녔다. 삽시간에 근거 없는 소문이 꼬리를 물고 나돌아 선장이 유연하게 대처할 여유도 없었다. 당연히 서로가 서로를 경계하고 끼리끼리만 모이는 균열이 발생했다.

단번에 수습할 명쾌한 방법이 없어 보인다. 그렇다고 시간을 끌거나 외면할 수도 없는 상황이다. 방치하면 균열의 틈은 더 벌어지고 종국에는 수습 불가능한 상태까지 치달을 것이다. 선장은 더 늦기 전에 문제를 매듭지으려 하니 당직사관을 제외한 전 선원은 휴게실로 모이라는 방송을 내보내고 모두 참석하도록 필요한 조치를 취하라는 지시를 남기고 조타실을 떠났다.

선장의 뒷모습만큼이나 조타실의 공기도 무겁게 가라앉았다. 서둘러 방송을 하고 각 부서장들에게 전화를 걸어 선장의 지시사항을 전한 후 윙 브릿지로 나와 담배 한 개비를 꺼내 물었다. 잘

달리던 엔진이 갑자기 멈춘 것처럼 공허하고 정지된 공간에 홀로 간힌 것 같은 막막함이 엄습한다. 아무것도 모르는 채 안개 속에서 간간이 홀로 우는 기적소리만이 애처롭게 귓가에 맴돈다.

칼보다 무서운 게 펜이라고 하지만 펜보다 무서운 게 말이다. 말 즉, 언어는 상호 간 의사를 전달하고 이해를 도모하는 중요한 매개지만 때론 없느니만 못한 오해를 불러오기도 한다. 한 번의 울림으로 사라지는 일상적인 말들은 흔적을 남기지 않는다. 하지만 선의든 악의든 잘못된 표현으로 오해를 부른다면 그 말은 듣는 상대에게 쓸모없는 불신이나 악감정을 유발할 소지가 다분하다.

말은 전혀 근거가 없을지라도 소문이라는 매개를 통하여 전파되면 수면에 던진 돌멩이가 만드는 파문처럼 점점 크게 부풀려지는 관성을 지녔다. 때로는 말하고자 했던 의도와는 상관없이 입에서 입으로 전달되며 무분별하게 확대, 재생산되어 엉뚱한 사람에게 지울 수 없는 상처를 남기기도 한다. 언어의 속성 속에 숨겨진 경계해야 할 폐단 중 하나다.

휴게실은 선원들로 꽉 채워져 있었지만 텅 빈 공간처럼 공허한 침묵이 흘렀다.

잠시 후 선장이 들어와 모든 선원이 참석한 것을 확인하고 무거운 입을 열었다. 우선 이번 사태에 대하여 누구를 탓하거나 단초를 제공한 사람을 색출하려고 모인 것이 아니라는 점을 분명히 하였다. 나아가 자율판매를 중단하거나 방법을 바꾸지도 않을 것이니 앞으로는 서로가 배려하고 조심하자는 당부의 말이 전부였다.

간단한 애기였지만 모두가 고개를 끄덕였다. 침몰하는 배처럼 시시각각 가라앉는 선내 분위기를 무겁게 받아들이고 있었기에 누구나 쉽사리 공감할 수 있었다. 잠시 후 선장이 억지스럽지만 활기찬 톤으로 목소리를 바꿔 '다시 전과같이 즐거운 분위기로 돌아가기 위해 다 같이 노력하자'는 말로 끝을 맺었다. 잠깐의 침묵을 깨고 한쪽에서 조그맣게 시작된 박수 소리가 전체로 퍼져나 갔다. 평상시의 신명나는 박수는 아니지만 모두가 응답하는 것을 보니 겉으로는 잘 해결된 것 같기도 하다.

말이란 말하는 자와 듣는 이의 물리적 현실이나 심리상태에 따라 같은 말이라도 지니는 무게가 달라진다. 편안한 일상에서 서로 상충되는 이해관계가 없고 이성이나 감성을 자극할만한 특별한 의미를 내포하지 않는다면 하루에도 수없이 애기하고 듣고 흘려보내며 스스럼없이 주고받는 게 말이다. 하지만 불안정 한 상태에서 의도가 불순하거나 상대의 감정을 자극하는 말이 오간다면 그 무게는 확연히 달라진다. 말에 무게가 실린 만큼 긍정이든 부정이든 타인의 평가가 뒤따르고 그에 상응하는 반향을 일으킨다. '말 한마디가 천 냥 빚을 갚는다'는 속담을 소환할 필요도 없다.

어떤 말은 희망이 되고, 어떤 말은 좌절을 주며, 어떤 말은 분노케 하고, 어떤 말은 마음에 평온을 안겨준다. 악의적으로 변질된 소문이 고립된 공동체 사이에 떠돈다면 그 말의 옳고 그름을 떠나 구성원 개개인에게 심적인 동요를 일으키고 나아가 집단 전체의 방향성에도 영향을 미친다. 배처럼 구성원의 수가 적고 생활 범위가 좁은 집단일수록 서로 주고받는 말 한 마디 한 마디에 실리는 영향력과 반향은 규모에 반비례하여 커지므로 더욱 조심해야 한다.

말하기는 쉽지만 한 번 뱉은 말은 주워 담을 수 없고, 닫힌 마음으로는 상대의 의중을 올곧게 받아들이기 어렵다. 그러므로 말하는 이는 말하기 전에 다시 한 번 생각하고 조심하고 절제하여야 하며, 듣는 이는 열린 마음으로 진중하게 받아들여야 한다.

선장이 떠난 뒤 잠시 머뭇거리던 선원들도 하나둘 자리에서 일어났다. 아직도 대화의 통로는 서먹함으로 막혀있다. 서로 눈치만 살필 뿐 누구도 먼저 말을 꺼내지 못하고 망설이며 미적미적 자리를 떠났다. 휴게실을 나서는 뒷모습들은 시든 나뭇잎처럼 맥이 풀렸다. 사주장이 휴게실을 나서려는 갑판장을 불러 세웠다. 이제는 연장자인 사주장과 갑판장이 나서서 얽힌 실타래를 풀어야 할 차례다. 이미 선장이 매듭의 끝을 찾아주었으니 그리 어렵지는 않을 것이다.

방으로 올라가려다 어렴풋이 들려오는 파도 소리에 이끌려 데크로 나왔다. 여전히 칙칙한 안개에 휩싸였지만 조금씩 파도가 찰랑이기 시작한다. 바람이 온다는 전령이다.

안개가 걷히려면 바람이 불어야 한다.

선장의 말이 청풍이 되어 선원들 사이에 짙게 드리운 안개를 말끔히 씻어가기를 바라며 점점 선명해지는 파도 소리에 실려오는 바다의 이야기를 귀에 담는다.

14. 용오름, 살아 숨쉬는 신화

조용한 바다는 어머니의 품과 같이 한없이 평안하다.
하지만 그 조용함 속에는
다가갈 수 없는 신화가 살아 숨쉰다.

고향길을 산책하듯 여유롭게 갑판을 거니는 나이든 선원 서넛이 선교의 유리창 너머로 내려다보인다. 마치 시간이 멈춰 선 수묵화 속의 인적 드믄 공원처럼 정적인 분위기가 물씬 풍긴다. 뱃전에서 퍼져나와 선미로 흘러가는 물결이 아니라면 배도 멈춰선 듯 착각 속으로 빠져들 만하다.

너무 조용한 항해라 당직사관이란 직무를 망각할 정도로 긴장감도 느슨해진 오후다. 갑판장의 손짓이 멍하게 풀어진 눈에 들고서야 정신을 차렸다. 그의 손가락은 좌현 선수를 가리켰다. 얼른 정신을 가다듬고 윙 브릿지로 나갔다. 갑판장이 가리키는 방향에는 희뿌연 구름 덩어리가 깔때기 모양으로 회오리치며 뭉치고 있었다.

낮은 하늘에 매달린 소용돌이 구름에서 바다를 향해 꾸불꾸불

긴 꼬리가 내려왔다. 잠시 후, 수면까지 내려온 꼬리가 바닷물을 빨아올리며 커지더니 이내 거대한 물기둥이 만들어졌다. 물기둥 주위의 바다는 끓는 솥처럼 광란의 도가니다. 구름은 점점 검은색으로 변하고 커지는 물기둥은 힘차게 꿈틀거리며 하늘로 치솟는다. 용오름. 환타지 소설에나 나올듯한 광경이 눈앞에 펼쳐졌다. 갑판을 산책하던 선원들도 걸음을 멈추고 용오름을 바라본다.

신비로움도 잠시, 솟아오르는 거대한 물기둥이 먹구름으로 뭉치며 점점 부풀어 올랐다. 먼 발치에서도 감지되는 소용돌이의 위세가 우리를 압도한다. 늦은 봄날 골목길을 걷다 우연히 마주치는 회오리바람이 아니다. 그 중심에 들면 오만 톤급 선박이라도 저항 한번 못하고 힘없이 휘날리는 낙엽과 같은 존재가 될 수도 있다. 눈앞에서 꿈틀거리는 용오름의 위력을 마주하니 초자연적인 현상에 대한 신비로운 환상은 한순간에 사라지고 등골이 서늘하니 몸과 마음이 동시에 움츠러든다. 미국 중서부지방을 휩쓰는 토네이도에 대한 기사와 영상을 수없이 보았고 카리브해를 지나며 작은 용오름은 몇 번 만났었지만 지금 내 앞에 펼쳐지는 광경은 그 무엇과도 비견되지 않는다. 마치 저승의 율법을 어긴 자를 심판하는 하데스의 분노를 보는 듯하다.

인간의 상상을 초월하는 초자연적인 현상은 시간과 공간에 구애됨이 없이 지속적으로 나타났었다. 옛날이나 지금이나 이런 초자연적인 현상은 놀라움과 경외심을 유발한다. 때로는 공포로 다가와서 인간의 오만함을 질타하고 때로는 경이롭게 다가와 자연의 위대함 앞에 고개를 숙이게 만든다.

신의 세계를 대면한 충격은 여러 가지 형태로 전해진다. 일부는 문헌에 등장하고, 일부는 구전되며, 일부는 신격화되어 조형물로도 남겨졌다. 과학이 발달하며 초자연적 현상에 대한 다각적인 분석이 가능해져 신비의 베일이 벗겨지기도 하지만 과학으로 설명된다고 해서 인간의 심금을 울리는 경이로움마저 사라지는 것은 아니다.

학교를 졸업하고 승선한 지 얼마 지나지 않아 아라비아해를 항해한 적이 있다. 하루는 야간항해를 하는데 뱃전에 부딪쳐 퍼져 나가는 포말이 파랗게 빛났다. 그믐의 어두운 밤, 영롱한 푸른색의 빛을 발산하며 넘실거리는 바다는 환영을 끌어들이기에 충분했다. 아라비안나이트가 들려주었던, 호기심을 자극하는 이야기들과 요술램프 그리고 이국적인 미모를 지닌 아라비아 공주의 환영이 바다에 출렁였었다.

물론 그 당시 나를 신비의 세계로 빨아드렸던 몽환적인 현상은 나뿐 아니고 많은 뱃사람들이 마주쳤겠지만 모두가 아라비안나이트나 아라비아 공주라는 환상으로 기억하진 않을 것이다. 오히려 당시 세계를 뒤흔들던 중동의 이슬람문화를 먼저 떠올리며 위험지역에 가까워진다는 이유로 심적인 부담을 느끼거나 바다가 파랗게 빛나는 이유는 외부충격을 받은 발광박테리아의 자기방어 반응이라는 자연과학의 관점에서 바라보는 이들이 더 많았을지도 모른다. 이성에 근거한 현실적인 사고가 사리에 어긋난다는 것은 아니다. 다만, 때에 따라서는 이성보다 감성의 눈으로 세상을 바라보는 것이 더 오래도록 기억에 남고 인생사를 더 넓게 포용하는 동기가 된다면 굳이 과학적 근거나 합리적인 사고만을 고집할 이유가 없다고 조심스럽게 강변해본다. 지금 용오름을 경외심으로 마주하는 것처럼.

용오름은 세력을 키우며 점점 더 거칠게 변해갔다. 짙어지는 먹구름 사이에서 번개가 번쩍이고 천둥소리는 사납게 포효하는 맹수의 울부짖음으로 다가온다. 보기 드문 광경을 눈에 담기 위해 갑판으로 몰려나왔던 선원들도 거칠어지는 위세에 눌려 하나둘 거주구 안으로 몸을 피했다.

갑판을 산책하던 선장이 조타수를 데리고 선교로 올라왔다. 국지적 돌풍이기에 아직까지 배 주위의 바다는 잔잔하다. 그러나 이동경로가 불규칙한 토네이도의 특성상 혹시 모를 비상사태에 대비해야 한다. 루틴에서 벗어나는 조치가 필요 없을 만큼 적당한 거리를 두고 지나가면 더할 나위 없겠으나 그것은 우리의 바람일 뿐, 지금은 그저 바라보며 움직임을 관찰하는 게 최선이다. 부디 위험하고 번거로운 일이 생기지 않기를 바라지만 그렇지 못한 게 바다고 항해다.

꿈틀거리는 거대한 물기둥이 바다를 휘저으며 이리저리 돌아다닌다. 파도를 차고 하늘로 승천하려는 거대한 용의 몸부림이다. 왜 용오름이란 이름이 붙었는지 몸짓으로 말해준다.

좌현에서 다가오던 물기둥이 멀지 않은 거리를 두고 선수를 가로지르나 싶더니 한 자리에 멈춰 섰다. 그대로 항진하면 용의 꼬리를 밟게 된다. 그 순간 역린의 대가를 치러야할지도 모른다. 번쩍이는 번개는 멎었지만 우르릉 거리는 용트림은 아직도 무겁게 울려온다. 후드득 후드득, 우박 섞인 빗줄기가 갑판을 두드린다. 앞을 가로막고 불을 뿜어대는 거대한 용의 품 안으로 다가가는 해적선 갑판에 겁 없이 버티고 서있는 나의 환영이 보인다. 정신이 아찔하다. 밀려오는 긴장을 애써 추스르며 선장을 바라보았다.

선장도 심상치 않은 기운을 느꼈나보다.

"조타수는 수동으로 바꿔 현 침로 유지하고, 이항사는 기관실에 연락해서 스피드를 하프로 낮춰."

선장은 서둘지 않고 침착했다. 허긴 이동경로를 예측할 수 없으니 피하는 대신 최대한 시간을 벌며 용이 길을 터주기를 바라는 수밖에 도리가 없다. 앞은 검은 장막에 묻혔고 우박 섞인 소나기가 갑판을 쓸고 다닌다. 몇 분이 몇 년처럼 길게 느껴졌다. 극한상황에선 시간도 멈춰선다는 말이 실감난다.

용의 꼬리를 밟기 전, 다행히도 분노를 주체하지 못하고 거칠게 밀려들던 검은 소용돌이의 위세가 차츰 수그러들기 시작했다. 어렴풋이나마 막막하던 시야도 조금씩 트였다. 용은 승천하였는지 물기둥의 꼬리가 가늘어지며 수표면에서 떨어지더니 서서히 구름 속으로 빨려들었다. 사납게 소용돌이치던 먹구름의 위세도 허공으로 흐트러졌다. 한바탕 신들의 춤사위가 막을 내렸다.

하늘과 바다는 금방 제 모습으로 돌아와 파랗게 물들었고 배는 다시 수평선을 향해 속도를 올렸다.

용은 여의주를 물고 승천하였을까? 설마 그렇게 야단법석을 떨었는데 헛되이 이무기가 되어 다시 바다로 떨어지진 않았겠지. 부디 무사히 승천하여 알맞은 비바람을 부르는 자비로운 풍수의 신이 되었기를 바라며 다시 한번 자연의 위대함을 뇌리 깊숙이 각인시킨다.

15. 롤링과 피칭, 배는 흔들리며 항해한다

배는 파도에 몸을 맡긴다.
아무리 거센 파도가 밀려와도 거스르지 않는다.
흔들면 흔드는 대로, 막아서면 비켜서며
묵묵히 앞으로 나간다.

바다는 천의 얼굴을 지녔다. 산골을 등지고 넓은 세상을 바라보는 무지렁이 청년에게는 닫힌 가슴을 열어주는 호쾌한 친구였고, 낯선 세상을 거닐다 문뜩 마주치는 막다른 서먹함으로 방황할 때는 홀로 떠도는 영혼을 따뜻이 감싸 안는 어머니 품과 같았다. 하지만 어느 한순간 돌아선 바다는 가혹할 정도로 냉혹하게 변한다. 친구같던 정겨움과 어머니같던 포근함은 어디에서도 찾을 수 없다. 내 의지와는 상관없이 제멋대로 출렁이는 게 바다의 마음이다. 그래서 때론 함께 웃고 즐기지만 때론 거칠게 부딪히며 맞서야 한다.

밤이 깊어지며 바람은 더욱 거세졌다. 길어지는 파장 따라 점점 더 사납게 울렁이는 너울을 등에 업은 파도가 매서운 기세로 몰아친다. 달빛 아래 피어나는 파도 끝의 포말로 바다는 온통 하얗게 물들었다. 더이상 정겨운 친구같던 바다가 아니다. 끓는 솥뚜껑을 차고 올라 넘쳐나는 뜨거운 거품의 숨결이 물보라로 터져 오른다. 거센 바람은 성난 짐승의 울부짖음을 토해내며 선교를 할퀴고 지나간다. 선수에 부딪혀 부챗살처럼 솟아오른 물보라가 눈앞으로 날아와 거친 야수의 발톱으로 유리창을 할퀴고 흘러내리며 위협을 가한다.

피칭을 할 때마다 솟아오른 뱃머리는 파도를 가르지 못하고 수면 아래로 잠겨 들었다. 파도에 점령당한 갑판은 하얀 포말로 출렁인다. 싸늘한 달빛에 파랗게 빛나는 포말이 시리도록 차갑다. 아름답지만 위험한 그림이다. 천사로 변장한 마녀의 미소가 상상으로 떠오른다. 한고비 너울을 넘으면 수면 위로 고개를 내밀었던 스크루가 푸르르 떨며 유혹을 떨치라고 소리치다 바다로 돌아가고 과묵하던 엔진도 힘겨운 신음을 토해내며 털털거린다.

그동안 배는 아무리 어려운 고비를 만나도 육중한 무게로 중심을 잡고 묵묵히 파도를 헤치며 아늑하게 품어주던 동반자였다. 그런데 오늘은 지금까지 보여주던 믿음직한 동반자의 모습이 아니다. 북대서양의 위세에 눌려 바람에 날리는 낙엽처럼 너울 따라 흔들리며 쉴새 없이 덮쳐드는 파도의 충격에 어찌할 바를 모르고 요동친다.

더이상 자동조타로는 제어가 되지 않는다. 선장에게 상황을 보고하고 수동조타로 전환하며 보조타수를 배치하였다. 둘만이 속닥이는 무료한 공간 사이로 찰랑이는 파도 소리만 맴돌던 조타실이 오랜만에 발들인 외부인들로 북적인다. 몸은 피곤하지만 황천항해가 가져다주는 색다른 조타실 분위기가 한편으론 반갑기도 하다.

겨울철에 북대서양을 건너려면 필연적으로 마주하는 상황이다. 모든 것을 삼켜버릴 듯 밀려오는 파도를 마주하면 두려움이 앞서지만 눈을 감거나 뒤돌아선다고 파도가 비켜가지 않는다. 피할 수 없으면 즐기라고 했다. 다행히도 선수 방향에서 밀려오는 파도라 조타가 극도로 어려운 상황은 아니다. 심한 롤링에 몸의 중심을 잡느라 롤링주기에 맞춰 양다리에 번갈아 힘을 주며 지탱해야 피곤함도 없다. 그저 바람이 잦아들고 파도가 숨을 고르며 길을 터 줄 때까지 배의 속도를 낮추고 파도와 맞서며 한발 한발 앞으로 나가야 한다. 시간이 지나면 바람과 파도가 길을 내주는 순간이 올 것이다.

그렇게 이틀을 보냈다. 그런데도 바람은 수그러들 기미를 보이지 않는다. 북대서양의 겨울 파도를 정면으로 받는 데다 엔진도 속도를 낮추었으니 이틀이 지나도록 황천구역을 빠져나가지 못하고 거의 제자리에 맴돌고 있다. 힘겨운 시간의 연속이다. 쉼 없이 밀려오는 파도에 흔들려 몸도 정신도 피곤하지만 배의 요동에 편히 쉬지도 못한다. 제대로 된 끼니는 언제 먹었는지 기억에서 지워졌다. 시간이 지날수록 몸은 점점 더 무거워진다. 내색은 않지만 함께 조타실을 지키며 키를 잡는 선원들도 지친 기색이 역력하다.

끝이 보이지 않는 황천 항해에 육체가 지쳐가는 만큼 마음도 차갑게 식어갔다. 같이 당직을 서면서도 서로 간에 말 수가 줄어들고 침묵이 흐르는 시간이 늘어났다. 덩달아 당직시간은 지루하게 늘어졌다. 시간이 주어져도 각자 침실로 들어가 나오는 사람이 없으니 항상 떠들썩하던 휴게실조차 썰렁하다. 선내 어디에서도 활기를 찾을 수 없다. 지친 선원들을 달랠만한 희망이라도 보였으면 좋겠는데 인간의 의지로 해결할 방법이 없으니 답답할 따름이다. 평소에는 하루에 한 번씩 받아보던 기상도를 가용 가능한 모든 기지국을 통하여 수시로 전송받아 나름대로 분석을 해보지만 그마저도 큰 변화를 보이지 않는다. 겨울철 북대서양의 계절풍을 길목에서 딱 마주쳤으니 벗어날 길이 요원하다.

살다 보면 누구나 어려움에 봉착할 때가 있다. 그때마다 선택을 해야 한다. 피하거나 부딪치거나. 그리고 결정을 했다면 미련을 버리고 그저 최선을 다하면 그뿐이다. 그러다 보면 또다시 선택을 해야 하는 순간이 올 것이다. 그때까지는 결과를 미리 예단하여 자만하거나 낙심할 이유가 없다. 북대서양의 겨울 파도가 살벌하다고는 하지만 계절풍도 자연현상의 일부, 묵묵히 견디면 변화의 순간을 맞아 바람도 잠시 숨 고를 날이 올 것이다.

황천을 조우한 지 3일째. 비봉사몽간을 오가다 전화벨 소리에 억지로 눈을 떴다. 얼핏 시계를 보니 시침이 오전 10시를 향한다. 당직을 교대하기에는 너무 이른 시간이다. 뭔가 변화가 생겼다고 직감하고 수화기를 들었다. 조타실로 올라오라는 일항사의 목소리엔 피곤함이 끈적하게 묻어있다.

조타실엔 이미 선장과 기관장은 물론 일기사와 갑판장까지 올라와 있었다. 바람 소리는 많이 약해졌고 파도는 어느새 고개를 숙였다. 마지막 수신한 기상도와 저주파 라디오를 통해 들은 예보를 종합해본 결과 대략 2일 동안은 날씨가 심하게 나빠지지 않을 것 같다는 데 의견이 일치했다.

현 위치로부터 북대서양의 계절풍에 영향을 받지 않는 퀘벡의 입구 세인트 로랜스만까지 거리를 측정해보았다. 정상 속도가 유지된다 해도 꼬박 이틀은 더 가야 한다. 아직 전속으로 항진할 수 없는 바다 상태에서 직선으로 항해하기에는 무모한 거리다. 해도에 그려진 코스라인대로 직선으로 항해하다가는 또다시 황천을 조우할 가능성이 농후하다. 그렇다고 속도를 높이기 위해 거친 바다에서 무리하게 엔진을 가속한다면 더 큰 위험을 초래할 수도 있다. 모든 상황을 종합적으로 고려하여 필요하다면 새로운 항로를 선택해야 하는 순간이다.

선장은 각자의 의견을 묻지만 이미 지칠대로 지친 선원들의 마음을 모를 리 없다. 이구동성으로 시간이 조금 더 걸리더라도 안전한 항로를 제안했다. 모두가 바라는 대로 뉴욕 쪽으로 방향을 틀어 노바스코샤를 따라 올라가는 루트를 선택했다. 멀지만 계절풍의 통로를 피해 돌아가는 항로다. 새로운 항로를 따라 코스라인을 다시 그리고 거리를 계산하여 변경된 도착 예정시간을 회사에 보고하니 점심시간이 훌쩍 지났다.

조리사가 가져다준 샌드위치로 선교에서 점심을 대신했다. 북대서양의 거친 겨울 바다를 피했다는 생각에 샌드위치로 단출하게 때우는 점심이지만 파도에 지쳐있던 입맛을 자극하기엔 충분하다.

키를 잡던 실습선원이 조타수와 교대하며 이제야 마음이 놓이는지 긴 한숨을 내쉬었다. 멀미기운이 있었지만 처음 보는 거친 파도도 겁나고 항해사 지시 없이 키를 잡으려니 긴장되어 멀미할 여유도 없었다고 절레절레 도리질 친다. 하긴 처음 대하는 거대한 스웰과 거친 파도에 요동치는 배를 오랜 시간 동안 항해사의 지시 없이 스스로 조타하자니 육체는 물론 정신적으로도 꽤나 지치고 피곤했을 터이다.

옆에서 남의 일처럼 멀뚱멀뚱 흘려듣던 조타수가 잠깐의 틈을 비집고 정색을 하며 끼어들었다. 이번 항차가 끝나면 실습이라는 꼬리표를 떼어주는 품의를 올리라고 은근히 압력을 가한다. 조타수의 색다른 격려에 고무된 실습선원이 멋쩍게 지어 보이는 무언의 미소엔 북대서양의 겨울 파도를 이겨낸 자부심이 배어나온다.

아직 계절풍의 여파가 남았지만 바람은 점점 잦아들고 있다. 오늘 저녁은 오랜만에 즐기는 오롯한 식사가 기다린다. 비어있던 휴게실도 평소의 활기로 채워지는 날이다. 그리고 내일이 밝으면 언제 그랬냐는 듯 패기 넘치게 파도를 헤치며 바다를 달려갈 것이다.

고단한 나날이었다. 하지만 고난을 만났을 때 피하거나 부딪치는 이분법적 선택만이 있는 게 아니라 돌아가는 길도 있고 기다리는 여유도 필요하다는 진리를 다시금 일깨워준 시간이었다. 피하거나 돌아간다고 비겁하다 할 것도 아니며 부딪친다고 용감하다 할 수도 없다.

조타실 문을 열고 윙 브릿지로 나섰다. 오랜만에 만끽하는 시원한 바닷바람이다. 선수에서 피어나는 하얀 포말이 서쪽으로 기우는 햇살을 머금고 유리알처럼 반짝이며 날아오른다.

16. 입항, 마침표이자 새로운 시작

거칠고 가파른 길 걷고 걸어 오른 고갯마루,
하늘도 보고 뒤도 돌아보며 숨을 고른다.
하늘까지 오른 것 같지만 앞을 보면 새로운 시작점.
입항은 항해의 끝이 아니라 새로운 항해의 시작이다.

케이프 노스를 돌아들자 파도는 거짓말처럼 잔잔해졌다. 불과
이삼일 전까지 휘몰아치던 바람도 선체를 집어삼킬 듯 덮쳐오던
거친 파도도 기억 너머로 지나간 또 하나의 추억이 되었다. 우현의
푸른 바다 위로 솟아오른 세인트 폴 섬이 하얀 모자를 덮어쓰고
반갑게 맞아준다.

쿼벡의 동구 밖, 세인트 로렌스 만으로 들어섰다. 눈보라가
거칠게 휘몰아치는 광야를 건너 고향 집의 아늑한 대문 안으로
들어설 때의 안도감과 감회를 지구 반대편 이국의 바다에서 맛본
다. 하역을 마치고 북대서양을 향해 돌아 나올 때까지는 거친
바람과 파도는 잠시 잊어도 무방하다.

마음에 여유가 생기니 감춰져 있던 또 다른 세상이 환하게
나타났다.

시야에 들어오는 섬과 육지는 온통 흰색으로 포장된 눈의 나라다. 시리도록 푸른 바다와 어우러져 황홀경을 자아낸다. 파랗게 빛나는 융단 위에 점점이 떠있는 눈 덮인 섬들 중 어느 한 곳에는 백설공주가 잠들어 있을 것 같은 환상을 불러온다. 먼 듯, 가까운 듯, 배경으로 드리워진 눈 덮인 육지는 거리를 가늠하기조차 어려울 정도로 눈부시다. 구릉과 산봉우리들로 이어진 하얀 스카이라인이 기우는 햇살에 반짝인다. 동화 속 설경이 현실이 되어 눈앞에 펼쳐졌다.

내일이면 입항이다. 육지는 눈앞이고 마음은 이미 항구에 닻을 내렸다. 길고 다난했던 여정이 막을 내릴 시간이다. 세인트 로렌스만 너머 어딘선가 우리를 기다리고 있을 항구를 그려본다.

미지의 항구, 낯선 이방인들과의 낯선 만남을 상상하니 갑자기 마음이 부산해졌다. 딱히 새로울 것도 없는 입항이건만 전과 다른 감정을 감출 수 없다. 평소보다 길었던 항해와 어려웠던 난관들이 더 넓은 세상을 바라보는 새로운 눈을 뜨게 만들었기 때문이리라. 선위와 코스를 확인하고 냉큼 윙 브릿지로 나섰다. 해풍에 실려오는 청명한 대기가 온몸을 휘감는다. 한 번의 심호흡에 설국의 정기가 싸하게 폐부를 파고들며 먹먹했던 가슴을 시원하게 씻어내렸다.

모두가 같은 마음이다. 점심을 마치고 갑판으로 나온 선원들의 몸놀림에 생기가 넘친다. 한마음으로 선실 밖으로 나와 오랜만에 데크를 거닐며 북대서양의 파도 앞에 팽팽하게 긴장되어 웅크리고 있던 세포 하나하나에 새로운 정기를 불어넣는다. 평범한 하루하루의 일과였지만 한동안 파도에 막혀 다가서지 못하던 일상이었다. 적도의 뜨거운 태양 아래서 변화 없이 지루하게 반복될 땐 나태의 늪에 잠겨 보지 못하던 일상의 소중함을 새롭게 깨닫는 순간이다.

당연하게 치부하며 허비하는 평범한 일상의 소중함은 그로부터 멀어졌을 때 비로소 깨닫게 된다. 무심코 스쳐가는 순간 순간이 지니는 나름의 가치도 마찬가지다. 그리고 시간이 지나면 또 잊어버리고, 뒤따라오는 평범한 일상을 너무나 당연하게 맞이한다. 그렇게 잊고 또 맞이하면서 소소한 행복을 찾아가는 게 우리 소시민의 소박한 삶이다. 이번 항해가 특별한 것 같지만 시간이 흐르면 또 하나의 그렇고 그런 지나간 과거의 한 토막일 뿐이다.

세인트 로렌스 만을 건너는 데 꼬박 하루가 걸렸다. 만이라기보다는 작은 바다였다.

길고 멀었던 항차의 마지막 당직시간이다. 지금까지 사용한 해도에 남아 있는 과거의 흔적을 깨끗이 지우고 정리하여 해도용 서랍장에 넣는 것으로 이번 항차에 대한 항해사로서의 업무를 마무리지었다. 망원경을 들고 윙 브릿지로 나가 여유롭게 설경을 감상한다.

"저 배 나오는 곳이 퀘벡인교?"

뒤따라 나온 조타수가 선수 멀리서 다가오는 배 한 척을 가리켰다.

"맞아요. 저기서 파이럿 태우고 강 따라 조금만 더 가면 돼요."

단순한 한마디의 질문과 대답으로 그동안의 긴 여정이 끝나가고 있다는 현실을 실감한다.

조타실로 돌아와 무전기를 들었다. 파일럿 스케줄을 확인하고 필요하면 도착 시간을 조정해야 한다. 그런데 예상치 못한 의외의 대답이 돌아왔다. 우리가 접안할 부두에서 작업 중인 배의 출항이 늦어져 이틀 후에나 접안이 가능하니 외항묘박지에 투묘하고 대기하라는 지시가 무전기에서 흘러나왔다. 장기간의 항해와 거친 파도에 지친 심신을 달래며 하루쯤은 여유롭게 쉬라는 낭보다. 때마침 조타실로 올라온 선장에게 무전 내용을 보고하고 투묘지로 항로를 변경하였다.

투묘지로 가는 길에 바라보이는 파란 바다 건너 퀘벡의 해안이 손에 닿을 듯 가깝다. 긴 항해를 마치고 잠시 쉬러 가는 중이니 눈에 드는 모든 것이 정겹다.

한 시간 정도 항해하니 휴식이 기다리는 보금자리인 정박지에 도착하였다. 스텐바이 알람을 울리면서 현 위치에서 앵커를 내린 후 이틀 정도 대기할 것이라는 선내방송을 내보냈다. '와아아'하는 함성이 계단을 타고 조타실까지 올라왔다. 입항 스텐바이를 기다리며 휴게실에 모여있던 선원들이 뜻밖의 희소식에 환호하는 소리다. 선장의 입가에도 엷은 미소가 감돈다. 일상과 불일치가 맞물리는 긴 여정이 책임자로서 꽤나 힘들었던 항차였다는 것을 암시하는 의미 깊은 미소다.

즐거운 입항이다. 정박지에 도착하여 엔진을 멈추고 닻 내릴 준비를 마쳤다. 이곳이 우리가 잠시 쉬어갈 자리다.

"렛고 앵커.(Let go anchor)"

선장의 명령이 떨어지자 '우르르릉' 앵커 체인 쏟아지는 소리가 사방을 울렸다.

학교를 졸업할 때마다 듣는 이야기가 있다. '졸업은 끝이 아니고 새로운 시작이다'라는. 너무나 많이 듣고 당연시했기에 지금까지 그 말의 무게를 실감하지 못하며 살아왔다. 긴 항해와 거친 파도를 이겨내고 맞이하는 오늘 같은 전환점이 아니었다면 영원히 잊고 지냈을지도 모른다.

며칠 후면 새로운 항해가 시작된다. 왔던 길을 되밟아 또다시 대서양을 건너기 위해 달려갈 것이다. 그때 코스라인이 향하는 곳은 지나온 해도에 그려졌던 과거가 아닌 깨끗이 지워진 해도 위에 다시 그려지는 희망찬 미래다.

제2장

어느 바보의 일기장

우 화(羽化)

　장맛비가 그쳤다. 야음을 틈타 애벌레 한 마리가 팽나무 둥치를 기어오른다. 비에 젖은 거친 나무껍질, 짧은 다리. 고된 걸음이지만 한순간도 멈추지 않는다. 동틀 무렵이 되어서야 길고 지난한 여정이 막을 내렸다. 6년 전인가? 7년 전인가? 기억도 아득한 옛날, 알을 깨고 나왔던 그 자리에 멈추었다. 땅속에서 묻어 온 고단했던 삶의 흔적인 초산토의 찌꺼기는 비안개가 씻어갔다.

　여명이 어둠을 걷어내고 아침이 밝아오면 등껍질이 갈라지고 하늘이 열린다. 무성한 잎새 사이로 비춰드는 햇살에 취해 여린 몸을 파고드는 아픔은 잊고 더 넓은 세상으로 고개를 내민다. 햇살과 바람이 반겨준다. 탈피의 고통은 잊었다. 표피라는 굴레를 벗어던지고 날개를 편다. 그리곤 망설임 없이 창공으로 날아오른다.

　장마가 끝나고 여름이 달아오르면 매미 울음으로 시공이 가득 찬다. 도시와 농촌을 가리지 않고 나무와 녹음이 우거진 곳이면 어디든 매미 우는 소리에 귀청이 따가울 정도다. 쓰으름 쓰으름, 매앰 매앰. 무더위도 불볕더위도 아랑곳하지 않는다. 녹음이 짙어지는 한여름의 숲은 온전히 매미들의 애끓는 연가로 차오른다.

　맴맴맴맴맴… 울타리 옆 대추나무 둥치에 매달린 참매미 한 마리가 칠월의 오후를 달군다. 시간이 지날수록 힘이 차오르는 울음소리가 점점 더 크고 우렁차게 울려 퍼진다. 세찬 기세가 뜨거운 삼복더위를 압도한다. '저러다 몸이 터지지'하는 염려가 들 지경이다. 자리를 털고 살금살금 다가갔다. 손뿌리가 닿을 만큼 나무둥치로 다가서자 '매애앰 매앰' 여운 섞인 울음을 흘리며 푸르르 날아갔다.

딩동. 핸드폰에서 메시지를 확인하라는 알람이 울렸다. 모르는 번호지만 습관적으로 내용을 확인했다. 인생역전을 이뤄 줄 로또 번호를 추천해 준다고 회원으로 가입하란다. '그렇게 좋으면 지가 하지' 어이가 없어 냉큼 스팸으로 등록해버렸다.

'괜히 지웠나. 매미의 우화처럼 인생의 새 장을 열어줄지도 모르는데' 부질없는 공상에 빠질만큼 나태한 하루다. 오랜만에 고향에서 즐기는 휴가라 해도, 더위에 온몸이 지쳤다 해도, 나태의 나락에 너무 깊숙이 빠져들었다.

가끔씩은 일상에서 탈피하고 싶은 욕망이 주체할 수 없을 정도로 끓어오른다. 단조로운 삶이 권태롭거나 길어지는 시련에 심신이 지치면 마주한 상황을 현실 그대로 받아들이지 못하고 주체할 수 없는 욕구에 이끌려 새로운 것을 찾아 나선다. 현실에 대한 부정을 증명해 줄 변화를 갈망한다. 그러면서 자기 논리에 심취되어 새로운 선택이 현재를 억누르는 권태를 털어줄 거라고 믿는다.

미지에 대한 선망은 시간이 흐르며 둘로 갈라진다. 누구에겐 희망으로 다가오지만 누구에겐 허망한 몽상으로 스러진다. 희망과 몽상이 가져오는 결과는 판이하다. 하지만 시작점은 변화를 바라는 마음 하나로 동일하다.

희망이 되느냐, 몽상이 되느냐. 그 경계는 명료하다. 준비가 되어 있느냐, 안 되어 있느냐, 노력을 기울이느냐, 요행을 바라느냐의 차이다. 준비하고 노력하면 희망이 되고 준비 없이 요행을 바라면 몽상이 된다.

조금 전 대추나무에서 쫓겨난 매미가 멀리 간 줄 알았더니 바로 옆, 울타리 너머 밤나무 가지에 매달려 또다시 울어댄다. 아니 다른 놈인데 울음소리를 구분하지 못하는 나의 착각인지도 모른다. 하지만 우렁찬 울림이 예삿놈과는 다른 게 그놈이 맞을 거라는 믿음을 부른다.

더위에 지친 농부가 그늘을 찾았다. 시원한 매미 울음이 바람을 타고와 송글송글 맺힌 땀방울을 식혀준다. 봄날 종달새 소리를 들으며 뿌린 씨앗이 천지를 가득 채운 매미의 노래를 들으며 자라난다. 검푸르게 짙어지는 초목과 함께 곡식도 무르익는다. 농부가 들녘을 바라보며 가을의 결실을 상상하기에 충분하다. 한여름의 매미 울음은 농부에게 잠시 휴식을 주는 음악이고 결실을 약속하는 기분좋은 노래 소리다.

매미의 울음도 생태학의 관점에서는 짝짓기를 위한 수많은 구애 활동 중의 하나다. 무엇으로도 막을 수 없는 세대를 이어가기 위한 목숨을 건 본능이다. 오직 하나의 목적을 이루기 위하여 아무리 뜨거운 더위도 참아내며, 매미채를 든 아이들의 치기 어린 방해도 곰살맞게 받아들인다. 긴 세월을 어두운 땅속에서 준비하며 고대하던 날이기에 몸이 터질지라도 온 힘을 다해 정열을 불사른다. 그늘 밑 매미 팔자라는 피상적인 비유로 폄훼받지 말아야 할 가치있는 행동이다.

고놈 참. 믿음에 보답이라도 하듯 우렁찬 기세가 점점 높아간다. 나 때문에 대추나무에서 쫓겨나 미울 법도 한데 기대를 저버리지 않았다. 아니 나태의 늪에서 허덕이는 나를 보란 듯이 비웃고 있는지도 모른다.

몸을 일으켜 평상을 내려왔다. 햇살이 뜨겁다. 덕지덕지 몸에 붙은 나태의 찌꺼기를 뜨거운 유월의 햇볕으로 털어냈다. 대추나무 둥치의 매미가 날아간 자리 옆, 거친 나무껍질에 매달려 말라가는 우화의 흔적을 떼어내 햇살에 비춰 보았다. 매미가 남기고 간 표피에 땅 속에서 보낸 인고의 시간이 투시되어 어른거린다.

개밥바라기

 칭명힌 시골의 밤하늘은 별들로 가득하다. 인간이 만든 숫자로 헤아린다는 것은 가당찮은 꿈이다. 오죽하면 흐르는 강물에 빗대어 은하수라 불릴까. 특히, 여름의 밤하늘은 별빛으로 커튼을 드리운다. 마당에 멍석을 깔고 누워 가늘게 뜬 실눈으로 응시하면 어둠조차 시린 별빛 속에 잠기는 깊디깊은 허공으로 빨려들어 은하수를 떠도는 환상에 몸이 둥실거린다.

 밤하늘을 가득 메운 무수한 별 중에도 특이하게 인구(人口)에 자주 회자되는 별들이 있다. 안드로메다와 금성이다. 보통 별이라 하면 시적인 감성을 동반하지만 이 둘은 시적 이미지와는 거리가 멀다. 하나는 일반적 사고와는 동떨어진 무개념을, 하나는 등짐을 진 새벽의 고단한 노동을 연상시킨다.

 안드로메다는 신화의 별이다. 미에 대한 환상과 질투가 만들어 낸, 신들의 입장에서는 사생아에 가깝다. 그래선지 안드로메다에 연계되는 뒷말들은, 개념은 안드로메다에 보냈냐는 말처럼 쓸쓸함이 따라붙는다. 어디에 있는지도 모르면서, 찾으라면 찾지도 못하면서, 신화에서의 아름다운 사랑 이야기나 밤하늘에서 밝게 빛나는 현실은 외면당한 채 엉뚱하게도 반대의 이미지로 대비되어 세인의 입에 오르내린다.

또 하나는 금성이다. 학술적으로는 금성이라 칭하지만 새벽에 보이면 샛별, 저녁에 뜨면 개밥바라기라 불린다. 눈에도 잘 보이고 뜨고 지는 주기도 부지런한 사람의 생활상과 일치한다. 그만큼 쓰임새도 다양하다. 갈릴레오 갈릴레이는 천문현상을 기반으로 달의 변화와 대비되는 위치의 변화를 관측하여 천지를 뒤엎는 지동설을 증명하는 중요한 증거요소로 활용하였고, 위성항법장치가 없던 시절에는 태양과 함께 천측하여 배의 위치를 구하는 물표였으며, 가난한 농부에게는 아침에는 일 할 시간을, 저녁에는 쉴 시간을 알려주는 가늠자였다.

인성에 파고든 관념이나 쓰임새는 달라도 둘 사이에는 감춰진 공통점이 또 하나 있다. 둘 다 별이 아니라는 모순을 공유한다. 하나는 250만 광년이나 떨어져 있는, 지구가 바이러스보다 미미한 존재로 숨어 있는 우리 은하계보다 더 큰 별들의 집단이다. 또 하나는 지구 제일 가까운 곳에서 태양빛에 기생하는 작은 위성에 불과하다. 모든 면에서 상반되는 별개의 존재지만 분명한 것은 둘 다 별이 아닌데 별 취급을 받는다는 공통분모를 가졌다.

별이 되려면 스스로 빛을 내야 한다. 하지만 하나는 빛들의 모임이고 하나는 남의 빛을 훔쳐 반사하는 차가운 바윗덩어리다. 그런데도 별이라 불리는 건 시각에 매달린 착각이 불러들인 허상이다.

사람의 신체구조나 행동 방식상 오감 중 시각이 제일 치명적이다. 다른 감각은 시각의 위세에 눌려 시각을 통해 들어오는 영상이 만드는 이미지는, 그것이 실상이든 허상이든, 사실로 받아들이라는 압력을 거부하지 못한다. 별도 아닌 별, 안드로메다와 금성이 별이라고 인식되는 것은 시각의 위세에 지배당한 가짜 상품이다.

달은 별이 아니기에 밝다고 말한다. 달이 빛난다고 말하는 이는 없다. 너무 분명해 착시를 일으키거나 과대포장으로 감출 만한 조건이 형성되지 않기 때문이다.

가끔은 사실이 왜곡된다고 해도 착각이나 착시를 의심으로 걸러내지 말고 보이는 그대로 받아들이는 게 뜻하지 않은 보탬이 되기도 한다. 눈껍풀에 콩깍지가 끼지 않았다면 총각으로 늙어 지금 같은 알콩달콩한 맛은 그야말로 안드로메다에서나 구걸하고 있어야 했을 어느 화상이 단편적으로 보여주는 교훈이다. 눈에 드는 대로 바라보는 단순한 감성이 선물한, 이것저것 조건과 논리를 따졌다면 얻을 수 없는 행운이다.

이성이 지배하면 감성은 꼬리를 감춘다. 논리로 무장된 냉철한 눈에 감성의 연약한 방어막은 힘없이 뚫린다. 현실이란 굴레에서 벗어나 물먹은 프리즘 같은 색안경을 벗어 던지고 있는 그대로 받아들여야 감성의 눈이 떠진다.

개밥바리는 해가 지기 전에 빛을 발한다. 그 빛을 태양에게서 훔쳐 왔든 얻어쓰든, 우리 눈에는 똑같이 반짝이는 별빛이다. 해가 산 너머로 숨어들고 어둠이 짙어지면 서서히 빛을 발하는 진짜 별들과 하나로 동화되어 시인의 마음을 설레게 만든다. 거기에선 개밥바라기도 안드로메다도 똑같이 시어를 담은 수많은 별들 중 하나다. 논리적인 근거를 들먹이는 이성이 감성으로 별을 담는 마음의 눈을 가린다면 맛볼 수 없는 행복이다.

잃은 것, 잊은 것

도도독, 토도독, 창문을 두드리는 소리에 눈을 떴다. 그만 일어나라고 가을비가 재촉한다. 살그머니 이불을 빠져나와 창가로 다가갔다. 가을비 치고는 그 기세가 꽤나 세차다.

새벽 운동을 나가지 못한 마누라가 뭐가 그리 아쉬운지 아침을 준비하며 투덜거리는 소리가 자장가로 들린다. 의미심장한 미소가 감돌며 저절로 입꼬리가 올라간다. 주말에 비도 오는지라 일주일 내내 아침마다 꿈꿔오던, 늘어지게 늦잠을 잘 수 있다는 희망에 부풀어 다시 이불 속으로 숨어들어 모르는 척 눈을 감았다.

"그만 일어나셔."

깜짝 놀라 눈을 떴다.

"비 그쳤으니 아침 먹기 전에 공원이나 한 바퀴 돌고 와."

어느새 이불은 마누라 손에 들려있었다. 속절없이 그쳐버린 비가 못내 원망스럽다.

거부할 수 없는 명령이란 걸 알면서도 '마눌, 오늘 하루만…' 애처로운 눈빛을 보내본다. 주말 아침이면 어김없이 겪는 일. 우겨도 보고, 화도 내 보고, 애원도 해 보았지만 결과는 언제나 마찬가지, 마누라의 말에 등 떠밀려 나와야 했다. 오늘이라고 다를까. 떠지지 않는 눈을 비비며 현관을 나섰다.

무심히 눈에 드는 공원은 언제나 비슷한 전경이다. 부산한 듯하지만 정적인 느낌이 더 강하다. 밤새 내린 투명한 빗방울이 하나둘 푸른빛을 잃어가는 잎새에 신선함을 더해보지만 여름날의 짙푸른 생명력을 불어넣기엔 역부족이다. 비가 온 끝이라 그런지 평소와 달리 인적도 드물다. 한 손엔 지팡이를 들고 또 한 손으로는 서로를 의지하여 느릿느릿 걸어가는 노 부부가 멍하니 서있는 내 앞을 무심이 지나쳤다. 주위를 둘러봐도 나무들 사이 공터에 뿌리내린 운동기구들을 장난치듯 건드리고 매달리며 배회하는 할 일 없는 몇 명의 군상들이 휴일 아침의 공원을 더 나태하게 물들였다.

벤치에 묻어있는 물기를 손바닥으로 아무렇게나 털어내고 걸터앉았다. 간밤에 내린 빗물이 촉촉하게 스며오지만 신선함과는 거리가 멀다. 나처럼 아침을 빼앗기고 쫓겨 나온 이름 모를 사람들이 서로를 투명인간 취급하며 다가오고 또 멀어져갔다.

나도 나이를 먹었나. 언제부턴가 사람을 보면서 예사로 넘기지 못하고 그 사람의 과거와 현재 그리고 가끔씩은 미래까지 엿보려는 이상한 버릇이 생겼다. 물론 나 혼자만 추론하는 망상에 불과하다. 그런데 오늘 이 못된 버릇은 나에게도 남에게도 떳떳지 못하다는 것을 알면서도 선뜻 털어버리지 못하는 어리석은 나를 스스로에게 들키고 말았다. 누가 알아차리고 눈치를 주는 것도 아닌데 괜스레 가슴이 콩닥거리고 얼굴이 달아올라 지나치는 사람들을 마주볼 뻔뻔함도 염치도 사그러들었다.

나이 50이면 자신의 얼굴에 책임을 지라고 했다. 어린아이가 어른으로 성장하는 동안 자연스레 변화하는 생물학적 이야기가 아니다. 살면서 필연적으로 마주하게 되는 좋은 일, 나쁜 일, 그리고 그로 인한 기쁨과 슬픔, 분노와 희열, 고통과 쾌락, 절망과 희망 등 오만가지 인생사의 굴곡을 겪으며 감내해야 했던 수많은 삶의 흔적들이 세월의 흐름을 타고 얼굴에 녹아들기에 생겨난 말이다.

의술이 발달한 요즘에는 성형외과를 찾아가 누구처럼 해달라는 말 한마디로 얼굴을 깎고 다듬어 드리워진 과거를 지우기도 하고 이상한 물질을 집어넣어 다가오는 미래를 억지로 막기도 한다. 하지만 이는 일부의 이야기, 대부분은 얼굴에 자신의 삶을 고스란히 담으며 살아간다.

누구나 과거의 흔적이 담긴 앨범 한두 권은 가지고 있다. 요즘에는 하루가 다르게 진화하는 컴퓨터나 핸드폰 같은 문명의 이기에 추억을 저장하는 이들이 늘어나면서 지난날의 유물로 취급받는 실정이다. 그래도 집안을 정리하다 보면 잊고 있던 앨범 한두 권은 눈에 띄기 마련이다. 우연히 마주한 앨범의 빛바랜 사진을 대하면 잊고 지내던 과거가 자연스럽게 되살아난다. 사진으로 남아있는 과거라는 시간에 묻힌 자신을 보며 지난 시절을 추억하기도 하고, 우연히 옆에 서 있는 낯선 얼굴을 발견할 때면 가물가물한 기억 속에 남아 있는, 한동안 같이했던 이들을 떠올리며 변해있을 현재의 모습을 유추해 보기도 한다.

빛바랜 예전의 사진에는 과거가 숨겨져 있고 핸드폰에 저장된 어제의 영상에는 그 선명도 만큼이나 투명한 현실이 담겨있을까?

그리고 그 속에 복사된 나를 진정한 나라고 말할 수 있을까?

현실에 허우적거리는 삶을 직시한다면, 아마도 아니라고 도리질 쳐야 한다는 게 솔직한 심정이다. 우리는 배경을 주인공으로 사진을 찍는다. 나는 조연에 불과하다. 배경이 주인공인 사진에 억지로 끼워 넣은 피사체에게 삶의 의미나 내력을 담을 수 없다. 그래도 기회가 되면 사진을 찍고 보관하고 시시때때로 들춰보며 세월 따라 변해가는 자신의 모습과 거기에 드리워진 삶의 그림자를 엿보려 한다.

토도독, 톡, 톡. 바람이 지나가며 나뭇잎에 매달려 있던 빗방울 몇 알을 떨어트렸다. 엉덩이도 축축해져 온다. 여느 때 같으면 냉큼 일어나 바짓가랑이를 툴툴 털어내고 집으로 향했겠지만 오늘은 그러지 못했다. 마침 공원을 한 바퀴 돌고 온 노부부가 앞을 지나갔다. 속마음을 들킨 것 같아 노부부를 마주하기가 껄끄러워 고개를 돌리고 딴청을 부렸다.

눈인사라도 나눌 걸. 지나간 뒤에야 후회하며 노부부 쪽으로 고개를 돌렸다. 멀어져 가는 그들의 뒷모습이 낯설지 않다. 나는 지금까지 타인의 얼굴에 배어나는 그 사람의 과거와 현재를 남몰래 엿보며 나의 그림자를 잡으려 했는지도 모른다. 멍하게 풀어진 눈동자에 노부부를 뒤따라가는 나의 공허한 그림자가 실루엣처럼 흔들린다.

집에 가면 잊혀진 채 수납장 어딘가에 처박혀 먼지나 뒤집어쓰고 있을 앨범을 꺼내 누렇게 빛바랜 사진 속에 숨어있는 나를 찾아야

겠다. 배경에 묻혀있는 엑스트라 피사체인 껍데기가 아니라, 그 시절 내 눈이 바라보던 또 다른 세계에 살아있을 또 하나의 나를 다시 만나야 한다. 그래야 체한 듯 더부룩하게 짓누르는 마음의 짐을 벗을 수 있겠다. 어렵겠지만 그렇게라도 무의식 속에 잠재되어 있던 나를 꺼내 들고 지금까지 살아오며 잃은 것과 잊은 것들의 이야기를 들으려 한다.

잡초처럼 살아보자

낯익은 풀 한 포기가 얼핏 눈에 들어 걸음을 멈추었다. 혹여 거친 발길에 채일까 두려워 길가 수풀 깊은 곳에 숨어있었다. 여리고 성긴 가지에는 검은 이슬처럼 아름아름 매달린 완두콩만한 열매들이 초가을의 투명한 햇살에 반짝인다. 까마중이다. '오랜만에 보네.' 반가운 마음에 수풀을 비집고 다가가 쭈그리고 앉아 손을 내밀었다. 투드득, 투드득. 금방 잘 익은 열매 서너 알을 손바닥에 떨어뜨려 주었다.

들길을 걷다 보면 발에 채이는 게 풀이다. 때와 장소를 가리지 않는다. 그렇게 쉽사리 밟히고 꺾이는 풀은 잡초라 불린다. 한 치 옆에는 농부가 정성들여 가꾸는 풀들이 자라는데 그것은 잡초가 아니라 작물이다. 같은 식물일 진데 어느 것은 잡초라며 업신여기고 어느 것은 작물이라며 귀하게 보살핀다. 식물의 관점에서는 불합리한 차별이겠지만 인간의 관점에서는 당연한 이치다. 작물과 잡초 사이에는 농부의 고단한 삶이 자리하기 때문이다.

식물과 평생을 씨름하는 농부의 손은 거칠기 짝이 없다. 석기시대 수많은 풀들 중 귀리나 기장 같은 낱알을 걷어 식량으로 쓸만한 식물들을 골라 따로 재배하면서부터 현재까지 이어지는 수 만 년의 역사가 배어있다. 손바닥에 박힌 딱딱한 굳은살은 기본이고 물 마른 논바닥처럼 갈라진 피부에 검푸르게 스며든 고단했던 날들의 흔적이 평생을 따라다닌다. 모두 잡초와 씨름하며 생긴 훈장이다.

흙을 일구고 작물을 재배하여 수확하는 게 농부의 사명이다. 더 많은 결실을 얻기 위해서는 작물의 생장과 수확에 방해가 되는 잡초는 제거해야 한다. 잡초와의 씨름이 농사일의 선부라 해도 과언이 아니다. 따라서 숙명적인 대립관계인 농부의 눈에는 잡초가 지탄의 대상일 수밖에 없다.

잡초는 때와 장소를 가리지 않고 자라난다. 토질이나 날씨도 개의치 않는다. 척박하면 척박한 대로, 가물면 가문 대로, 씨앗이 떨어지면 그곳이 어디든 대지에 뿌리를 내리고 싹을 틔운다. 밟히고 채여도 굴하지 않고 일어서는 끈질긴 생명력의 상징이다. 까다로운 조건이 맞아야만 싹을 틔우고 서식환경의 미세한 변화에도 쉽게 시들면 잡초라고 불리지도 않았을 것이다.

또한, 잡초는 아무리 어렵게 품은 열매일지라도 아낌없이 내어준다. 상대를 가리지도 않는다. 인간은 물론이요 산새나 들짐승도 거부하지 않는다. 자신의 열매를 가져가건, 먹어 치우건 개의치 않는다. 따뜻한 눈길도 부드러운 손길도 바라지 않는다. 오히려 좀 더 거칠게 더 멀리 데려가기만을 바란다. 그렇게 잡초는 종족을 번식시키며 세대를 이어간다.

그런데 요즘 들어 작물과 잡초의 경계가 모호해졌다.

며칠 전 동료들과 쌈밥집에 간 적이 있다. 쌈, 음식을 싸먹는 풀들을 이르는 말이다. 상 위엔 낯익은 채소들이 푸짐했다. 상추, 깻잎, 미나리, 쑥갓, 봄동 등 모두가 익히 듣고 먹어오던 채소들이다. 그런데 그 중에는 원래 주인이었던 채소를 밀어내고 한가운데 자리 잡은 풀들이 있다. 개울가나 들판에 지천으로 자라나던 이름도 아득한 잡초들이다.

전에는 배척받던 잡초가 현대에는 건강식으로, 입맛을 돋우는 고급재료로 극진한 대접을 받는다. 농부의 아들로 산골에서 태어나 잡초와 씨름하며 자라온 나로서는 받아들이기 힘든 현실이다. 선입견 때문인지 억지로 먹어봐도 어느 것 하나 입맛을 당기지 못한다.

잡초를 들이미는 동료의 권유를 무릅쓰고 상추, 쑥갓만 뒤척였다. 상추 한 장을 집어 들자 가려진 쑥갓 사이로 눈길을 붙잡는 낯익은 풀잎 예닐곱 장이 보인다. '이건 뭐야? 민들레잖아' 길가에 있어야 할 민들레를 식탁에서 만나니 반가움보다 어색함이 먼저다.

식사를 마치고 일어설 때 상 위를 둘러보니 남아있는 것은 상추, 쑥갓, 깻잎 같은 친숙한 채소뿐이다. 잡초로 취급받던 풀들은 모두 먹어치웠다. 오래도록 건강하게 살고자 하는 인간의 욕구가 반영된 결과다.

그런데 왜 저 잡초들을 건강식으로 여길까? 근거는 있는 걸까? 의문을 지울 수 없다. 극구 권하던 동료에게 묻고 싶었지만 입을 떼지 못했다. 핸드폰을 꺼내 들고 영양가와 칼로리에 대하여 분석한 수많은 글들을 들이밀며 잡초라는 생각이 틀렸다고 시인하기를 압박하며 듣기 싫은 잔소리를 늘어놓을 게 뻔하다. 차라리 아무 데서나 뿌리박고 잘 자라는 생명력 때문이라고 한다면 쉽게 동의할 수 있겠지만.

과거에는 잡초였더라도 음식점의 상에 올라올 정도면 누군가가 재배하여 대량으로 수확한 농산물임이 분명하다. 이미 잡초가 아니라 작물이다. '그 풀들은 잡초'라는 나의 뿌리 깊은 의식이 같은 식용야채라는 현실을 있는 그대로 받아들이지 못하고 겉돌게 만드는 장막인지도 모른다. 하지만 식탁 위에서는 몰라도 자연에서의 작물과 잡초는 분명히 구분되어야 한다. 인간의 손을 거치며 자라나면 잡초 본연의 속성, 끈질긴 생명력은 시들시들 사라진다.

요즘은 혼자 사는 사회다. 옆집에, 앞집에 누가 사는지도 모른다. 어쩌다 마주쳐도 모르는 척 외면한다. 먼 사촌보다 가까운 이웃이라는 말도 함께 사라졌다. 콘크리트로, 아스팔트로 겹겹이 포장된 꽉 막힌 세상에 살고 있다. 그렇다 보니 화분에서 홀로 자라는 화초의 인위적인 꽃의 향기가 시골길의 잡초보다 더 익숙하다. 잡초와 화초와 작물에 대한 구분도 모호해졌다. 각자의 다른 내면을 들여다보려 하지도 않는다.

군중에 치이며 살면서도 외롭다는 사람들에게 권하고 싶다. 아무것도 생각하지 말고 산길을, 들길을 걸으며 수풀을 보라고. 잡초가 무성한 수풀 속을 들여다 보면 세상이 보인다. 홀로 자라는 풀 한 포기는 바람을 견디지 못한다. 한 줄기 소나기에도 씻겨가기 십상이다. 잡초는 잡초다워야한다. 서로 얽히고 설기고 의지해야 비바람을 견뎌낸다.

잡초처럼 살아보자. 모양이 다르고, 크기가 다르고, 색깔이 다르고, 꽃의 향기가 다르다고 배척하고 외면할 것이 아니라 이해하고 안고 보듬고 어울리자. 자기의 열매를 아낌없이 내어주는 잡초를 닮아보자.

서 설

요즘 들어 쉽게 잠들지 못하는 날들이 많아졌다. 그만큼 헛된 망상에 빠져 뒤척이는 밤의 시간도 늘어났다. 오늘도 억지로 잠을 청하며 밤을 지새워 이불과 씨름했다. 나도 모르는 새 깜박 잠이 들었었나. 자명종 대신 기상 시간을 맞춰놓은 TV가 저절로 켜졌다. 새벽부터 눈이 온다는 일기예보가 잠과 현실 사이를 오가는 몽롱한 정신 사이로 헤집고 들었다. 혹시 여기도, 고개를 돌리고 게슴츠레 눈을 떴다.

유리창 너머로 무언가가 아른아른 흔들린다. 눈이다. 처음에는 한 점 한 점 느릿느릿 흩날리더니 이내 유리창을 꽉 메우는 군무가 되었다. 무수한 점들이 가로등에서 흘러나오는 흐릿한 조명을 등에 업고 춤추며 밤하늘에 물든 두 장의 검은 도화지를 하얗게 수 놓았다. 몽환을 부르는 판타지가 나의 작은 창문에 영사되고 있었다.

쉽사리 일어나 다가가지 못하고 한참을 누워서 바라보았다. 어린 날의 기억들이 바람에 흔들리는 눈송이를 타고 아른거린다.

"일어나. 눈 왔어."

누이들의 성화에 억지로 눈을 떴다.

드르륵, 드르륵. 눈을 밀어내는 넉가래 질 소리가 문틈을 비집고 들었다. 억지로 이불 속을 빠져나와 방문을 열고 마루로 나섰다. 언뜻 눈에 드는 마당 건너 장독들은 한 뼘은 실히 되는 탐스러운 눈 모자를 덮어쓴 채 내가 더 크다고 키재기를 하고 있었다. 대문 앞 밤나무도, 개울 건너 들판도, 아랫마을 지붕들도, 너 나 할 것 없이 탐스러운 눈 속으로 가라앉았다. 흰색만이 존재하는 세상이다. 내 마음마저 하얗게 물들었다. 기지개 한 번에 짜릿하도록 시원한 아침 공기가 온몸을 가득 채웠다.

아침은 먹는 둥 마는 둥 수저를 놓기 무섭게 일어나 고구마 몇 개를 집어 들고 대문을 나섰다. 아버지가 새벽바람 맞으며 개울가에 수북이 쌓아 올린 눈 더미 속에 고구마를 파묻고는 들판으로 달려나갔다.

하얗게 물든 너른 들판, 제일 먼저 발자국을 새기고 싶었지만 이미 부지런한 발자국이 지나간 뒤였다. 약속이 없어도 때맞춰 아이들은 하나둘 모여들었다. 눈사람도 만들고 눈싸움도 하고 연도 날렸다. 놀다 지쳐 입이 궁금하면 아침에 집을 나서며 눈 속에 묻어놓은 고구마를 꺼내와 나눠 먹었다. 반쯤 언 고구마의 달콤한 맛은 끈끈한 우정을 더욱 단단하게 묶어주었다. 온종일 동무들과 뛰노느라 집은 잊었다. 해질녘 노루 꼬리만큼 짧은 하루를 탓하며 어지러운 발자국에 아쉬움을 남겨놓고 마지못해 집으로 돌아오는 날들이 일상이었다.

오랜만에 만나는 반가움에 조용히 몸을 일으켜 창문을 열고 손을 내밀었다. 몇 송이 눈꽃이 손바닥에 내려앉았다. 가녀린 눈꽃이 차갑게 찌르는 짜릿한 촉감을 붙잡고 싶었지만 무엇이 그리 바쁜지 금방 녹아든다. 작은 물방울도 못되고 촉촉한 눈물로 잦아들었다.

눈은 물의 결정체이며 물은 생명의 원천이다. 예로부터 겨울에 눈이 많이 내리면 풍년이 든다고 했다. 어린 시절 고향에 내린 눈은 축복이었다. 밤새 내린 서설은 농부들이 나무지게를 내려놓고 사랑방에 둘러앉아 담소를 나누며 서로의 행복과 건강을 빌어주는 휴식이란 시간을 안겨주었다. 그렇게 겨우내 쌓이고 더하며 곁을 지키다 봄이 다가오면 제 몸을 녹여 대지에 생명을 불어넣는 고마운 존재였다. 눈은 그렇게 친근하고 고마운 의미로 내 맘에 자리하고 있다.

세상은 세월 따라 변하기 마련이지만 작금에 들어 변화의 속도가 너무 빨라 과거의 마음가짐으로는 따라잡기 어렵다는 게 문제다. 노도처럼 밀려오는 정보의 홍수 속에 뒤처지지 않으려고 허우적이는 삶 속에서 어린 시절의 동화를 꿈꾸는 것은 사치가 된 지 오래다.

경제개발5개년계획이란 정책목표인 "1000불 소득, 100억 불 수출"이라는 구호가 학교 담벼락에 어른 키보다 더 커다랗게 새겨져 있던 시절이 있었다. 그때는 그 목표가 달성되는 날이면 모두가 풍요로움을 누리며 여유롭게 살게 될 것이라고 믿었다. 나이를 먹는 동안 경제는 더 빠르게 성장하여 그때의 목표치가 하찮게 여겨질 만큼 자라났다. 국민소득은 3만 불을 넘나들고 교역량은

1조 달러를 쉽게 넘어선다. 그런데도 1000불 소득, 100억 불 수출이라는 그 작은 목표를 꿈꾸었던 시절보다 여유롭다거나 풍요를 누린다고 말하는 사람이 없다. 살림살이는 나아졌을지 몰라도 삶은 오히려 더 팍팍하고 각박해졌다. 안타까운 현실이지만 인정하고 받아들여야 한다.

창문 사이를 비집고 흘러드는 눈송이에 실려오는 새벽 공기는 여전히 상쾌하다. 나갈까? 분위기에 홀려 스스로에게 질문을 던진다. 하지만 마음뿐, 잰 동작으로 나서지 못하고 망설이며 창문으로 비치는 거리를 내려다 보았다. 아직 어두운 거리, 셔터가 열리지도 않은 가게 앞에 빗자루를 들고 서성이는 몇몇 부지런한 그림자가 어른거린다. 첫 발자국을 남기고 싶었는데, 오늘도 아쉬움만 곱씹는다.

언제부턴가 눈은 동화 속의 감성을 불러오는 반가운 손님이 아니라 귀찮고 빨리 치워야 하는 귀찮은 골칫거리로 전락하였다. 이제 눈 내린 아침을 반기던 정겨운 풍경은 친근한 일상이 아니라 희귀한 예술의 소재로 숨어들었다. 소담하게 눈을 머리에 이고 있는 장독대와 하얗게 변한 들판 너머로 봉긋 솟아오른 초가지붕은 먼 옛날의 추억 속으로 사라졌다. 다음에도 또 그다음에도 밤새 내린 눈 위에 첫 발자국을 남기지 못할 거란 생각이 밀려들며 가슴이 뻥 뚫린 듯 허전하다.

이제는 나의 어린 시절이 겨울밤 어머니가 들려주었던 옛날이야기가 되어버린 걸까. 아니겠지. 팍팍한 현실에 매여 잊고 있었겠지.

눈 내리는 거리를 잠에 취한 눈에 담으며 아린 가슴을 쓰다듬는다.

내자신을 돌아보고 단속하기보다는 옆을 먼저 흘깃거리며 한 발 더 빨리, 조금 더 멀리, 보다 더 크게 만을 추구하며 살아온 게 사실이다. 그런 삭막한 삶을 살며 매 순간마다 부풀어 오른 욕심이 어린 시절의 나를 빼앗아 간 것이다. 힘들겠지만 이제라도 떠난 나를 버리고 잠든 나를 깨우면 그때 그날들이 돌아오리라 믿어본다. 오늘도 눈꽃송이는 여전히 하얗게 흩날린다.

물처럼 세월 따라

물, 분자식으로 H_2O. 공기 중에 섞여 있으면 습기, 조금 더 커져 눈에 보이면 안개, 하늘로 떠 오르면 구름, 액체로 내리면 비, 결정체로 내리면 눈, 얼어서 고체가 되면 얼음 등 형상과 명칭은 다양하지만 본질은 모두 물이다.

물은 언제나 어디에나 존재한다. 변하는 환경에 따라 순간적으로는 여러 가지 형상으로 변신하지만 물이란 본질 자체는 변하지 않는다. 잠시 자리를 비운 것일 뿐 조건이 성숙되면 다시 친근한 물로 돌아와 우리 곁에 머문다. 다만 너무 친숙해 평소에는 무관심하게 지나칠 뿐이다.

'물 쓰듯 한다'는 말이 있다. 아낄 줄 모르고 흥청망청 헤프게 낭비한다는 뜻이다. 언제든 어디서든 필요하면 쉽게 구할 수 있고, 버려지면 금방 다시 채울 수 있는 흔하디 흔한 게 물이라는 생각이 보편화 되었기에 생겨난 말이다. 하긴 종종 물을 쓰고 있으면서도 물의 존재마저 의식하지 못하는 경우도 있을 정도다. 그만큼 흔하다는 이유로 현상에 가려진 본질의 가치를 잊고 지낸다.

오래전 직장동료를 따라 정동에 있는 조그만 교회에서 진행하는 점심예배에 참석한 적이 있다. 그날이 십수 년이 지난 지금까지도 내 가슴에 새겨져 있는 까닭은 '빛과 소금이 되라'는 성경 구절을 강론하며 들려준 소금에 대한 색다른 해석 때문이다.

보통 소금 하면 부패를 방지하는 화학적 효능이 먼저 생각나듯, 성경 구절에서의 소금이라면 인간 심성의 타락을 제어하는 심리적인 가치를 자연스럽게 떠올린다. 그러나 그날 강론을 진행한 젊은 목사의 해석은 궤가 달랐다. 신약시대 성서의 배경이 된 서아시아 지역에는 우리나라의 물만큼 소금이 풍부했다는 지리적 배경을 전제로, 부패를 방지하는 소금 고유의 가치가 아닌, 지천에 널린 흔한 물질로서의 소금에 초점을 맞추었다.

흔하든 귀하든 만물이 지니는 고유의 가치는 변하지 않는다. 희소성의 법칙은 인간이 만든 욕망의 산물이다. 진솔하게 들여다보면 희소성 때문에 주어지는 부가가치는 허상에 가깝다. 그러나 존재의 의미가 무엇이든 너무 흔하면 본연의 가치를 제대로 평가받지 못하는 현실을 부정할 수도 없다.

신약시대 서아시아의 소금이 그랬단다. 구하기 쉬운 하찮은 물질로 취급받았다. 지금 우리가 대하는 물처럼. 이런 배경을 고려하면 성서에서 소금이 되라는 말은 '너 나 할 것 없이 군중 속에 섞여 눈에 띄지 않지만 한 사람 한 사람 모두가 소금처럼 소중한 가치를 지닌 존재이니 항상 자신을 존중하고 타인을 배려하며 살아가라'는 뜻이라고 역설하였다. 소금이건 물이건 흔하다고 고유의 가치를 잃지 않듯, 인간도 평범하다는 이유로 존재의 의미가 편협하게 희석되어서는 안 된다는 교훈을 담고 있다.

아마도 점심시간을 이용하여 직장인들을 상대하는 특별한 예배

였기에 그에 걸맞게 해석하였는지도 모른다. 성서에 대한 해석의 옳고 그름이나 역사적 배경에 대한 진위 여부야 어떻든 나와는 상관없다. 단지, 흔하다는 이유로 가려진 고유의 가치에 대한 그날의 되새김이 젊은 목사의 역설에 희석되었을지도 모르는 모든 오류를 상쇄하기에 충분한 강론이었다.

물은 위에서 아래로 흐른다. 당연한 말이다. 하지만 물의 흐름을 자세히 들여다보면 말처럼 단순하게 아래로만 흐르는 게 아니다. 때로는 거칠고, 때로는 부드러우며, 곧은 길은 곧게 가고, 굽이는 돌아가며, 추울 때는 얼음으로 남아 잠시 쉬었다 가기도 한다. 흘러가는 굽이마다 만나는 새로운 물줄기는 스스럼없이 하나 되어 강을 이루고 바다를 향한다. 먼 여정이지만 이치를 거스르지 않고 서로를 품으며 아래로 아래로 제 갈 길을 간다.

웅장하게 낙하하는 폭포에서는 물의 위력이 보인다. 도도히 흐르는 강을 마주하면 물의 유연함을 느낀다. 계곡을 내려와 완만한 굽이를 돌아가는 여울에서는 물의 이야기를 들을 수 있다. 조약돌 사이를 돌돌 흐르며 들려주는 여울의 이야기에 귀 기울이면 거대한 폭포의 숨소리도 들리고 도도한 강물의 엄숙함도 느껴진다. 여울목을 흘러가며 들려주는 물의 이야기는 그 투명함만큼이나 거짓이 없다.

그래서 나는 여울을 자주 찾는다. 투명한 여울물에 비친 세상을 보며 '나도 흐르는 물처럼 살고 싶다'는 부질없는 욕심도 부려본다. 하지만 물처럼 살기란 참으로 어려운 숙제다. 금전으로 환산되는 가치를 최선으로 여기는 현실의 삶과 괴리가 너무 크기 때문이다.

욕망과 이기심은 언제나 위만 보고 달리라고 유혹한다. 물처럼 아래로 향하기 어려운 이유다. 안락한 삶을 위해 끊임없이 풍요를 탐하고, 남보다 앞서려니 잠시 쉬었다 갈 여유도 없다. 아래로 향한다는 것은 상상도 할 수 없는 역류로 패자의 길로 간주된다.

보다 높은 곳을 지향했기에 인류의 문명이 발전을 거듭할 수 있었다는 사실은 분명하다. 문명이 발전하며 이웃과 이웃, 문명과 문명 사이의 거리는 점점 좁아졌다. 역설적으로 가까워질수록 서로를 보듬는 대신 상호 간의 경쟁만 치열해졌다. 더 높은 곳을 향한 경쟁은 시간이 흐를수록 더욱 거칠어졌고, 그만큼 삶의 질은 점점 더 팍팍해졌다. 포용과 배려는 잊은 지 오래다. 나만 안락하고 나만 높이 서면 그만이라는 이기가 판친다. 남보다 앞서고 높이 서면 성공한 사람이고 뒤처지거나 낮아지면 실패한 인생으로 취급받는다.

가위눌린 듯 무겁게 짓누르는 형체를 알 수 없는 짐을 덜어보려 여울목을 찾았다.

흐르는 물처럼 투명하고 싶지만 욕심이 눈을 가린다.

흐르는 물처럼 포용하고 싶지만 이기심이 담을 쌓는다.

흐르는 물처럼 한결 같고 싶지만 나태함이 발을 묶는다.

흐르는 물처럼 유연하고 싶지만 경직된 사고가 돌아가기를 거부한다.

오늘도 짐은 한 푼어치도 내려놓지 못했다.

그러나 단순한 이치를 보았다. 여울목을 넘어가는 물처럼 남보다 앞서려 하지 말자. 그저 뒤따라 가며 앞서간 사람의 빈자리를 채우자. 그러면 다른 누군가가 내가 지나간 빈자리를 채우며 따라올 것이다. 모두가 동행이다. 그렇게 동행하며 세월이 흐르면, 나의 삶도 흐르는 물을 닮아가지 않을까? 여울물에게 물어본다.

오동잎 우산

옛날엔 딸을 낳으면 담장 한 켠에 오동나무를 심었다. 딸이 성장하여 출가시킬 때 가구를 만들어 주기 위해서다.

세상이 변한 지금, 손수 나무를 심고 기르고 베고 손질하여 결혼하는 딸에게 가구를 만들어 준다? 상상할 수 없는 얘기다. 만일 그러려고 오동나무를 심는다면 정신 나간 사람이라는 비아냥을 들을 것이다. 시대에 뒤떨어졌다고 치부하기엔 너무 먼 과거의 생활상이다. 요즘에는 들어가 살 집만 마련하면 그만이다. 나머지는 인테리어 업체에서 다 해준다. 가구를 장만하고 살림살이를 들이는 일까지도 전화 한 통이면 해결된다.

내가 어릴 적만 해도 집집마다 울타리 옆이나 우물가에 자라나는 오동나무 한두 그루쯤은 쉽게 마주쳤다. 개울가 언덕받이에는 새들이 날라온 씨앗이 싹을 틔우고 자랐다. 딸을 낳았다고 일부러 씨를 뿌리지 않았어도 어디에서나 쉽게 만날 수 있는 게 부채만큼이나 커다란 잎새가 어울어진 오동나무였다. 어느 것은 수풀 위로 큰 키를 내세웠고, 어느 것은 강인한 가지와 탐스러운 잎새를 자랑했다.

그때는 온 마을이 놀이터였다. 삼삼오오 무리지어 이리저리 마을 구석구석을 누비며 하루하루를 보냈다. 그러다 소나기라도 지나가면 아무 데서나 오동잎 한 장 떼어내 우산으로 받쳐들고 가까운 처마 밑으로 숨어들었다. 누구도 집에 갈 생각은 하지 않았다. 비가 그치길 기다리며 커다란 잎새에 똑똑 떨어지는 낙숫물을 받아 서로에게 끼얹으며 깔깔거렸다.

비가 그칠 즈음이면 낙숫물에 찢어져 너덜너덜해진 잎새를 떼어내고 잎자루로 서로를 겨누며 칼싸움을 했다. 속 빈 잎자루는 가볍다. 그리고 여리다. 가볍게 통통 튕기는 여린 잎자루로 어찌 모진 비바람을 맞으며 그 큰 잎새를 받치고 있었을까. 신기하기도 했다.

잎자루뿐 아니라 어린 오동나무는 둥치도 속이 비었다. 대나무처럼 마디가 있는 것도 아닌데 쓰러지지 않고 쑥쑥 잘 자란다. 그러나 한없이 위로만 자라지는 않는다. 때가 되면 성장 속도를 늦추고 빈속을 채워간다. 그러면서 꽃도 피우고 열매도 맺는다. 자라는 속도에 맞춰 단단하게 속을 채우지 못한 나무는 얄궂은 비바람에 꺾이고 하찮은 상처에도 쉽게 썩는다. 제 몸에서 뻗어나온 가지의 무게도 견디지 못한다. 당연히 꽃도 피우지 못하고 씨앗도 품을 수 없다.

세월 따라 아이들도 쑥쑥 자란다. 노는 게 전부였던 아이들은 때가 되면 커가는 몸집만큼 포부가 부풀어 오르고 내면에선 열정이 싹을 틔운다. 외부에선 책임과 의무라는 짐이 따라온다. 어른이 되어갈수록 세상은 넓어지고 감내해야 하는 짐의 무게도 그만큼 늘어난다. 둥치에서 가지가 자라나는 이치다.

나무는 뿌리에서 빨아드린 물과 양분을 햇볕과 섞어 속을 채우며 단단해진다. 그만큼 성장 속도는 느려진다. 그렇다고 조급해하거나 서두르지 않는다. 여름날의 거친 비바람과 겨울밤의 매서운 추위를 견디며 충분히 단단해진 다음에 꽃을 피우고 열매도 맺는다. 그렇게 같은 날 태어난 딸이 나이가 차 출가할 때까지 마주보고 자라며 가구로 탈바꿈 할 준비를 한다. 이렇게 여물게 속을 채우는 인고의 시간을 버텨냈기에 할머니와, 어머니와 함께 시집온 가구는 견고하고 윤이 나며, 그 자식들이 커서 어른이 될 때까지 오래도록 사용해도 어긋나거나 뒤틀리지 않았을 것이다.

점점 자라나는 가지의 무게는 둥치의 단단한 정도에 따라 상대적으로 다르게 느껴진다. 속이 꽉 찬 튼실한 나무는 아무리 가지가 크고 잎이 무성해도 비바람에 꺾이지 않는다. 무겁다고 투정을 부릴 일도 없다. 반대로 속을 채울 시간도 없이 속성으로 키만 삐쭉 자란 나무는 너무 여려 제 몸에서 자라난 가지 하나도 지탱하기 어렵다. 그러니 사시사철 흔들어대는 풍파를 어찌 견디겠는가.

사람도 마찬가지. 타인에 의하여 박제된 지식만으로는 내면의 심성을 단련할 수 없다. 인생에 있어 지식은 필요조건이지 충분조건이 아니다. 학습을 통하여 습득한 지식에 포용력과 배려심을 버무리고 숙성시켜 지혜를 얻어야 한다. 삶의 무게를 견디려면 지식이라는 허상에 들뜬 공간을 지혜로 메우고 올곧은 성정으로 단단하게 담금질해야 한다.

그래야 딸과 함께 자란 오동나무처럼 단단해지고, 필요할 때 선뜻 잎 하나를 떼어내 아이들의 우산이 되어 줄 수 있다.

달팽이의 발자국

밤 사이 비가 내렸다. 봄 가뭄을 완전히 적셔주기엔 부족하지만 대지에 생명을 불어넣어 신록을 부르기엔 충분하다. 다가오는 푸른 계절을 준비하라는 반가운 비였다. 들로 나선 발끝에 채이는 풀잎의 촉감도 상쾌한 아침이다

시원한 바람결에 무심코 고개를 들었다. 하늘이 파랗다. 봄에 만나는 뜻밖의 가을하늘, 어제까지 근본을 알 수 없는 먼지에 찌들어 천지를 짓누르던 매캐한 하늘이 아니다. 반갑고도 낯설다. 고개 들면 하늘이 있다는 당연한 이치를 잊고지낸 날들, 언제 하늘을 보았는지 기억조차 아득하다. 허긴 세태에 쪼들린 눈이 바로 앞에 하늘이 있다 한들 제대로 보기나 했겠는가. 남 탓 할 구실이나 캐러 다니는 오염된 눈으로 제대로 알아보기나 했겠는가. 어지러운 심성의 장막에 가려 보여줘도 아니라고 억지부릴 꼬투리나 잡았겠지. 허구한 날 머리에 이고 사는 하늘이건만 똑바로 보지 못하고 낯설게 대하는 내가 머나 먼 타인으로 다가온다. 순리를 거부하는 감추고 싶은 민낯이다.

오늘만이라도 모든 것을 잊고 대지의 생명력과 하늘의 청량함을 맘껏 누리자는 마음으로 들길로 나섰다. 채이면 채이는대로 밟히면 밟히는 대로 풀잎의 눈물을 발치로 받아든다. 촉촉하게 젖어드

는 상쾌한 기운이 짜릿하다.

이름을 남기지 않고 지나간 수레바퀴들과 발자국들로 다져진 굳은 땅에 빗물이 고여 들어 만들어진 작은 물웅덩이가 발길을 멈춰 세웠다. 정지된 고요한 수면 아래로 가라앉은, 숨겨졌던 신세계의 문이 열렸다. 기억의 저편에 숨어있다 갑자기 나타나 양팔을 벌리고 다가오는 때 묻지 않은 세상이 생성해 쉽게 다가서지 못하고 멈칫 물러섰다.

낯설음도 잠시, 열린 문을 통하여 살며시 엿보이는 색다른 매혹에 이끌려 옆으로 다가가 쭈그리고 앉았다. 물에 비쳐든 하늘은 머리 위의 하늘보다 더 깊고 더 푸르다. 영혼까지 빨아들이는 마력을 지녔다. 수면에 반사되는 허상이지만 허상이 아니다. 실물보다 더 참된 진실이 녹아들었다. 간간이 떠가는 구름 사이로 언뜻언뜻 내 얼굴도 비친다. 세태에 찌들지 않은 해맑은 어린아이다.

눈물 젖은 눈으로 어린아이를 붙잡고 남이 볼까 두려워 몰래 감춰두었던 이야기를 꺼내 들었다. 즐거웠던 일, 화났던 일, 슬펐던 일, 싸웠던 일, 사랑했던 날, 고단했던 날, 모두 지나간 이야기다. 변명하기 바쁘고 남 탓으로 가득하다. 볼성사나운 과거의 그림자에 호통을 칠 만도 한데 고해성사를 받는 목회자처럼 말없이 듣고만 있다.

한참을 듣기만 하던 어린아이가 한 곳을 눈짓으로 가리켰다. 커다란 질경이 잎새가 발치에서 하늘거린다. 비쳐드는 햇살에 말라가는 이슬 사이로 가늘게 늘어선 촉촉한 물기가 반짝인다. 살포시 손가락을 대보니 미끌거리는 끈적한 감촉이 남아있다. 달팽이가 지나간 자리다. 묻어나는 촉감으로 미루어 갓 지나간 흔적이다. 달팽이는 햇살이 비춰들고 이슬이 마르면 잎새 뒤 그늘에 숨어 다음을 기약한다. 햇살과 적들의 눈을 피해 숨죽이고 숨어있을 연약한 달팽이를 상상하며 살짝 잎새를 들쳐보았다. 한 녀석이 대롱대롱 매달려 길다란 눈을 한껏 내밀고 나처럼 수면에 비친 신세계를 감상하고 있었다. 적에 대한 두려움은 초월하였는지 나와 눈이 마주치고도 껍질 속으로 숨어들 기색이 없다. 오히려 당당하게 명상을 깨트린 나를 꾸짖는다.

달팽이는 태양이 빛나는 맑은 하늘을 보지 못한다. 심성이 탁해서가 아니라 조상이 물려준 신체적 유전자가 연약하기 때문이다. 그러나 물속에 비친 하늘은 달팽이의 연약한 유전자를 겁박하거나 느린 발걸음을 조롱하지 않는다. 비쳐드는 자연을 그대로 담아들여 간직하다 때가 되면 말없이 펼쳐 보인다. 물 밖에서는 풀잎에 남겨진 달팽이의 고된 발자국이 햇살과 바람에 말라가지만 수면 아래에는 고단함도, 두려움도, 육체적 불편함도 없다. 나와 달팽이를 구분짓지도 않는다. 한치 아래 가라앉은 진흙에 깨끗하게 걸러진 티 없이 맑은 우주만이 존재한다. 간밤의 빗줄기가 선물한 피안의 세계다.

달팽이를 소개해주고 어린아이가 자취를 감추었다. 피안에 잠긴 달팽이를 방해하지 말고 나도 그만 자리를 뜨라고 재촉한다.

아쉬움을 남기고 허리를 폈다. 비를 머금고 들길을 싱그럽게 물들이던 아침이 태양의 열기 속으로 녹아든다.

앞선 이의 발걸음에 내 발자국이 더해져 더 굳게 다져진 들길의 한 귀퉁이, 피안의 세계로 통하는 또 다른 문이 열리는 날을 고대하며 잠시 마주했던 어린아이와 달팽이에게 작별을 고한다.

새 옷을 받아들고

새 옷을 받아들었다. 무엇이든 새롭다는 것은 밝은 미래를 꿈꾸게 만든다. 새것을 받아들면 낡은 것에 대한 미련은 눈 녹듯 사라지고 빈 공간은 새로운 기대와 설렘으로 채워진다.

어린 시절 어머니가 장에 가시는 날이면 동구를 바라보며 새것에 대한 희망을 품고 기나긴 하루를 기다림으로 보내곤 했었다. 어머니가 돌아오실 때면 어머니 얼굴보다 머리 위에 올려진 짐 보따리에 눈길을 먼저 보냈다. 철없는 기대 어린 시선은 가끔 새 옷이나 새 신발이라는 선물로 충족되기도 했는데, 그런 날이면 나는 둘도 없는 말 잘 듣는 효자가 되었다.

남녀노소를 막론하고 새로운 것을 대할 때는 일말의 기대와 희망을 품게 마련이다. 그 물건이 가지는 고유의 가치보다 새것에 대한 내면의 기대치가 먼저 작동하는 거부할 수 없는 욕망의 그림자다.

새 옷을 받아들면 기대치는 더 커진다. 자신을 새로 포장하여 타인에게 보여주는 일이기에 희망에 부풀은 무수한 생각들로 가득 찬다. 이 옷은 나에게 잘 어울릴까? 입으면 얼마나 멋져 보일까? 모두가 부러워하겠지? 마음을 들뜨게 만든다.

그런데 이게 뭐야. 최신 유행을 따라잡는 뉴 패션은 아니더라도 이건 너무하잖아. 패션감각이라고는 찾아볼 수 없는 헐렁하고 밋밋한 몸통에 고무줄 바지. 색깔은 또 이게 뭐람. 하얀 바탕에 점점이 박힌 알 수 없는 무늬, 광고처럼 스크린으로 새겨넣은 병원 이름. 뭐 하나 마음에 드는 게 없다.

어둠 속에서 한 걸음을 내딛었다. 바다가 입을 벌리고 있는 드릴링 홀 부근은 하루에도 수십 번을 오가며 지켜보던 일터다. 이진에도 여러 사람들이 다친 이력이 있는 위험한 자리라 항상 주의를 기울이던 곳이다. 그런데 무슨 이유에선지 오늘은 넉빠진 사람처럼 아무 생각 없이 내디딘 한 걸음이 돌이킬 수 없는 화를 불렀다.

찰나의 순간, 육신은 심연으로 떨어지고 의식은 허공 속으로 빠져나갔다. 천지가 칠흑, 아니 온통 하얀 것 같기도 하고 번개가 번쩍한 것도 같다. 정신을 차려보니 무의식중에 벌린 두 팔이 바다로 추락하려는 몸뚱이를 겨우 떠받치고 있었다. 대추나무 가지에 걸린 연처럼 힘없이 허공에 매달렸다. 바닷물에 발목까지 잠긴 다리는 힘없이 물결 따라 흔들리고 가슴은 답답하니 숨조차 쉬기 힘들다. 갑판 위로 올라오려 애써 보지만 머릿속을 떠도는 생각일 뿐, 몸뚱이의 어느 한 부분도 말을 듣지 않는다.

선원 한 명이 건너편 배에서 안절부절 서성이는 모습이 실루엣처럼 망막에 비친다. 둘 사이를 막아선 5미터 남짓의 바다가 태평양처럼 넓게 느껴졌다. 어떡해서든 이 블랙홀 같은 허공에서 빠져나와야 한다는 일념으로 한참을 발버둥쳤다. 간신히 갑판 위로 몸을 끓어 올리고 아무렇게나 널브러져 누웠다. 하늘에는 별이 반짝일

터인데 검은 장막이 앞을 가려 아무것도 볼 수가 없다. 사람들의 웅성거리는 소리가 이명처럼 의미 없이 귀에 앵앵거린다. 억지로 숨을 들이쉬고 눈을 감았다.

앰뷸런스의 요란한 경고음이 다가왔다가 멀어지고 무슨 이야기인지 분간하기 어려운 이야기가 몽롱한 머릿속을 맴돌다 사라졌다.

악몽에서 깨어나 눈을 떴다. 세상은 그대로인데 나만이 낯선 곳에 홀로 누워있다. 백색의 영역, 사위는 온통 흰색뿐이고 천정에 설치된 모노레일 닮은 양은(洋銀) 가드레일에 매달린 커튼이 사방을 막고있다.

마취가 풀리는 고통이 중저음의 신음으로 변하여 커튼 사이를 비집고 흘러 나가자 커튼의 줄무늬가 흔들리며 몇몇 그림자가 들어섰다. 하얗게 빛바랜 공간 속으로 언젠가 본 듯한 얼굴들이 흐릿하게 얼룩졌다. 괜찮아? 괜찮은 거야? 들어서자마자 죄인 취조하듯 대답을 강요한다. 젠장 내가 어떻게 알아. 처음부터 지켜본 니들이 더 잘 알면서 왜 나한테 물어. 욕이라도 한 움큼 퍼주고 싶었지만 이번에는 혀가 말을 듣지 않는다.

내 의지와는 상관없이 미리 정해진 방으로 끌려가듯 들어서니 새 옷 한 벌이 침대 위에 놓여있다. 태어나 처음 마주하는 입기 싫고 가능하면 입지 말아야 할 옷. 그렇게 바닷물에 젖고 피가 얼룩져 끈적이는 묵은 옷을 벗고 환자복으로 갈아입었다.

무엇이 잘못되어 볼품없는 환자복을 입고 홀로 고립된 채 누워 있어야 하나. 드릴링 홀에 빠지지 않았다면, 평소 작업할 때처럼 신경쓰고 조심하였다면, 지금 여기에 누워있는 것이 아니라 밖에서 동료들과 즐겁게 웃고 떠들며 하루를 마무리하는 시간인데. 찰나의 순간에 너무나 많은 것들이 예정된 방향을 벗어나 뒤죽박죽 뒤엉켜 버렸다.

사고는 예고 없이 찾아와 모든 것을 바꿔놓는다. 사고를 당하는 순간에는 아무런 생각이 들지 않았다고 말들 한다. 하지만 곰곰이 생각해 보면 어딘가 허점이 도사린 변명이다. 누구나 일상에서 벗어난 낯선 환경에서는 온 신경을 집중하고 조심해서 행동한다. 그러나 시간이 지나면 위험에 대한 경계심으로 팽팽하던 긴장감도 시나부로 흐트러진다. 평시에는 눈에 잘 띄던 위험도 익숙해지면 제대로 감지하지 못하고 무의식으로 지나치거나 설마하며 소홀하게 대한다. 사고는 그 찰나를 놓치지 않고 파고든다. 이런 미세한 차이를 감추기 위해 사람들은 사고 순간에는 정신이 나갔었다고 변명 아닌 변명으로 항변한다.

긴장으로 평생을 보낼 수는 없지만 나태가 끼어들면 불행도 함께 다가온다는 사실까지 잊지 말라는 경고장을 받아든 날이었다. 시간을 되돌릴 수 있다면 절대 일어나지 않았을 사고이지만 불행히도 이미 사고는 발생했고 입지 말아야 할 환자복을 입게 되었다. 며칠 후 상처가 아물고 치료가 끝나면 환자복은 벗어던지고 다시 새 옷으로 갈아입은 후 일상으로 돌아갈 것이다. 그때 다시 입을 새 옷은 희망만으로 가득하길 소원하면서 인생의 또 한 굽이를 돌아간다.

병실 913호

913호는 네 명의 환자가 입원해 있는 외과병실이다. 작업하다 손가락을 다친 사람이 둘, 허리 수술을 마치고 퇴원을 기다리는 노인 한 명, 그리고 다리를 다친 나. 봉합수술을 끝내고 퇴원 날짜만을 기다리는 초로의 환자를 제외한 세 명은 모두 병원이 어울리지 않는 젊은이들이다.

조용한 하룻밤이 지나갔다. 913호도 여느 병실과 마찬가지로 간간이 들리는 고통에 찬 신음소리를 제외하면 TV에서 흘러나오는 소음으로 채워져 병든 영혼처럼 시들었다. 부상과 수술과 치료로 이어지는 고통에서 허우적거리고 있었으니 당연한지도 모른다. 그러나 하루라는 시간이 흐르자 수술과 봉합이 가져왔던 통증이 조금씩 사그라들면서 잠으로 보내는 시간이 지루해지기 시작했다. 통증에게 육체와 영혼을 지배당할 때는 보이지 않던 잡다한 것들이 눈에 들고, 느끼지 못하던 감각도 차츰 살아났다.

창문으로 보이는 바깥세상은 여전히 분주하고 활기가 넘쳐났다. 바쁘게 움직이는 도시를 보고 있자니 허기가 돈다. 맛없는 병원식사로 지탱하기엔 너무 긴 하루다. TV에선 왜 그리 요리하고 먹는 장면만 흘러나오는지. 참지 못하고 냉장고를 열었다. 하나뿐인 냉장고를 입원환자 모두가 공동으로 사용하니 냉장실 안은 제멋대로 뒤죽박죽이다.

"다 우리가 먹을 건데, 아무거나 드시면 돼요."

선뜻 먹거리를 꺼내 들지 못하고 망설이는 나를 뒤에서 지켜보던 빠삐용이 한마디 했다. 나중에 안 일이지만 손가락이 반쯤 절단되어 봉합수술을 한 지 일주일 정도 지난 병실 터주로 이 환자의 집은 병원에서 도보로 10분 거리다. 집이 가까우니 기회만 생기면 몰래 병원을 빠져나가 집에 다녀오기가 일쑤라 농담삼아 빠삐용이라 부른 게 별명으로 굳어진 친구다.

힐끗 돌아보니 그도 역시 침대에 뒹굴며 가지 않는 시간과 싸우고 있었다. 빠삐용의 말대로 아무렇게나 집히는 대로 음료 두 개를 꺼내 하나를 그에게 건네주며 통성명을 하였다. 그렇게 913호는 서로 소통하기 시작했다.

시작이 반이라는 말이 있다. 일단 서로를 가리던 타인이라는 벽의 한 귀퉁이가 무너지자 말동무가 되기까지는 그리 오랜 시간이 걸리지 않았다. 할 일 없는 지루한 시간만큼 대화는 길어졌다. 세상 돌아가는 이야기부터 시시콜콜한 개인사까지 주제와 상관없이 과거와 현재를 넘나들었다. 다행인 것은 모두가 크지 않은 골절상을 입은 환자들로 거동에 제약을 받지도 않았고 내과 환자처럼 병세 악화에 대한 걱정도 없었다. 그저 뼈가 붙고 상처가 아물 때까지 시간을 보내다 환자복을 벗고 떠나면 그만이다.

육체가 건강하지 못하면 정신도 나약해져 실체 없는 기우가 수시로 찾아든다. 막연한 기우는 건전한 사고를 좀먹어 쉽게 화내고 쉽게 좌절하는 공황상태를 불러와 공동체의 분위기를 삭막하게 만들기 십상이다. 냉장고의 식음료를 공유하면서 자연스레 줄어든 상호 간의 심리적 거리와 격의 없는 대화는 서로를 이해하고 배려하게 됨으로써 좁은 공간에 고립된 생활에 필연으로 따라붙는 지루함을 덜어주는 작은 활력소였다. 비록 병실에서 주고받는 환자들의 대화가 큰 의미나 가치를 지니지는 않았지만 적어도 병실 특유의 어둡고 냉막한 공기를 걷어내는 역할을 하기에는 부족함이 없었다.

새 얼굴이 비어있던 침대로 들어오면서 3일간의 짧은 병실 같지 않은 병실 생활도 막을 내렸다. 이 다섯 번째 환자는 냉장고의 공간을 공유하는 것은 서로의 취향에 반할 수 있고, 금전적인 불균등으로 상호 간 불화가 생긴다는 이유로 홀로만의 공간을 주장하였다. 또한, TV를 틀어놓고 나누는 대화는 귀에 거슬린다며 은근히 침묵을 강요했다.

이곳이 병실이 아니고 일반 사회라면 이성적인 판단이고 맞는 말이다. 하지만 이곳은 자신의 의지와 상관없이 고립되어 비자발적인 휴식을 강제당하는 병실이다. 고립감을 털어내기 위해서는 어느 정도 상호 간의 부대낌이 필요한 장소다.

작은 개미굴 하나가 제방을 무너뜨리듯 인간관계에도 틈이 생기면 삽시간에 균열이 커져 종국에는 분열을 초래한다. 오랜 기간 유대를 맺어 온 이해집단이라도 극히 일부의 이기에 의하여 분열되는데, 아무런 연결고리가 없는 병실에서의 짧은 시간에 이루어진 제한된 만남이야 말할 것도 없다. 거꾸로 세워진 유리병처럼 작은 충격에도 넘어지고 깨지기 마련이다. 913호도 다른 병실과 마찬가지로 환자들의 신음만이 깨어진 파편처럼 떠도는 외과병실 중 하나로 되돌아갔다. 또다시 빠삐용은 기회만 생기면 병실을 탈출했고 나머지는 가지 않는 시간을 탓하며 잠에 취한 눈으로 애꿎은 달력만 쳐다보는 횟수가 늘어났다. 병든 사자의 울음을 연상시키는 신음 섞인 한숨만이 수시로 병실을 맴돌았다.

시간이 흐르는 속도는 상황에 따라 다르다. 병실 특유의 우울한 공기로 채워진 하루라는 시간이 거북이 걸음보다 더 지루하게 느릿느릿 제자리를 맴돈다. 배고픈 개인용 바구니가 지키는 냉장고는 다시 채워지지 않았고 먹방사다리 하자는 사람도 가위바위보 하자는 사람도 없었다.

멈춰선 시간처럼 지루했던 하루하루가 막을 내렸다. 먼저 퇴원하는 나를 쳐다보는 부러운 눈초리를 외면하며 건성으로 빠르게 쾌유하여 퇴원하라는 말을 남기고 903호를 떠났다.

이틀 후 통원 치료를 받으러 병원을 다시 찾았다. 궁금증이 생겨 간단한 간식거리를 사들고 903호로 올라갔다. 병실 문은 열려 있었지만 조용한 침묵만 흐른다. 내가 비운 자리가 새로운 얼굴로 바뀌었을 뿐 모두 그대로다. 빠삐용은 오늘도 자리를 비웠고 나머지는 눈을 감은 채 외면하고 있었다. 침대의 커튼은 걷혀 있었지만 묘한 분위기가 병실을 다섯 구간으로 나누는 벽을 드리웠다.

주섬주섬 냉장고에 아무렇게나 간식거리를 채워 넣는데 빠삐용이 돌아왔다. 언제나 웃는 얼굴, 그는 병실의 우울한 분위기와는 어울리지 않는다. 그래서 날마다 탈출을 시도하는지도 모른다. 나와 빠삐용이 두런거리는 소리에 모두들 눈을 뜨고 관심을 보였다.

보호자용 긴 의자를 식탁 삼아 간식거리를 펼쳐놓고 둘러앉았다. 자연스럽게 잠시 스쳐 간 며칠 동안의 병실임을 거부하던 시간을 그리워했다. 과거를 꺼내 들자 너, 나 할 것 없이 이구동성으로 다시 분위기를 바꿔보자는 합의 아닌 합의가 이루어졌다. 이번엔 누구도 이의를 달지 않았다. 병실의 침묵이 짓누르는 무게를 실감하였기 때문이리라.

병실을 나서는 발걸음이 가볍다. 내 작은 병문안이 903호 병실에 새로운 활기를 움 틔우는 씨앗이 되어 파랗게 자라나길 푸른 하늘에 띄워 보낸다.

노란 신호등

아파트 옆 사거리, 교차로 앞에서 발을 멈추었다. 신호등이 빨간불이라 다음 신호를 기다렸다. 고개를 들면 노랗게 물든 은행나무 가로수가 잊고 지내던 계절의 시계를 깨운다. 노란 은행잎 사이로 파란 하늘이 비친다. 한 점 뭉게구름도 보인다. 한 올 한 올 흐트러져 푸른 하늘로 녹아드는 구름의 끝자락을 정신없이 바라보았다. 구름을 머금은 하늘은 더욱 푸르게 깊어진다. 가을이구나. 교차로에서 남몰래 마주친 가을이 한없이 반갑다.

잠시 가을에 정신을 내준 사이 한 사람이 옆을 스쳐 갔다. 나도 무심코 발을 내밀었다. 순간, 자동차 한 대가 쌩 하고 앞을 가로질렀다. 모래바람이 휭하고 회오리친다. 얼른 발을 들이고 신호를 보았다. 사거리 차도 위에 매달린 노란 신호가 깜박인다. 옆을 스쳐 간 사람도, 앞을 가로질러 쏜살같이 달려간 자동차도 아무 일 없었다는 듯 서로를 무시한 채 제 갈 길로 멀어졌다. 어, 뭐야? 나 혼자 얼떨떨하니 그 자리에 얼어붙었다.

길을 건널 때는 신호를 살핀다. 파란불이면 건너고 빨간불이면 멈춰 선다. 사람도 차도 마찬가지다. 그런데 신호등엔 파란색과 빨간색만 있는 게 아니다. 둘 사이에 노란색이 끼어든다. 파란색이나 빨간색일 때는 신호등의 색깔에 따라 규칙대로 가고 서기를 반복하지만 노란색이 켜지면 규칙은 무너진다. 누구는 멈춰서 기다리고 누구는 무시하고 서둘러 지나간다.

빨간색과 파란색은 익숙하게 정해진 약속대로 받아들이면서도 노란색에는 마음을 주지 않는다. 권리를 내세우는 주인이 없기 때문이다. 노란불은 누구의 것도 아니다. 차도든 건널목이든 같이 사용하는 공간을 비우는 시간이다. 서로의 안전을 위하여 진행과 멈춤 사이에 끼워 넣은 배려의 시간이다. 그러나 실상은 노란불이 깜박이는 시간의 주인은 나라고 여기는 독선이 판친다. 양보하거나 밀려나면 패자가 되는 안타까운 현실이다.

'국민은 일류 정치는 삼류'라는 말이 있다. 많이 들어본 소리다. 은연중 두텁게 쌓인 정치에 대한 불신과 불만들이 압축된 표현이다. 하지만 나만의 편협함 때문일까? 국민은 일류라는 말에 뭔지 모를 꺼림칙한 뒷맛이 남는다.

정치의 그늘에 살면서도, 정치는 삼류라고 냉소하면서도, 터부시하고 외면한다. 그뿐이다. 결국에는 싸움이 된다고 정치에 대하여 논하기를 금기시 여기며 진실을 밝히고 개선하려 애쓰기보다 선동질에 휩쓸린다. 내 주장만이 옳다고 고집부리며 반대의견을 제시하면 이유 없는 화를 낸다. 대화와 타협은 잊고 둘로 쪼개져 서로를 비난하고 헐뜯기를 서슴지 않는다. 그렇게 정치가 숨겨놓은 올가미에 걸려 허우적거리면서도 자신만은 아니라고, 나는 일류라고 착각하며 자위한다.

이유는 간단하다. 우리 주변의 소시민들, 말하자면 정치라는 권력과 돈의 위세 앞에 자신의 주장을 관철시키지 못하고 무기력하게 물러서던 과거의 암울한 그림자가 드리운 평범한 시민들은 팍팍한 현실을 핑계로 내면의 자존감을 애써 억누르며 살아가기 때문이다. 눈에 보이는 이익과 편리를 빌미로 자신을 합리화 시키려는 자아중심의 사고가 빚어낸 현상이다. 소시민으로 포장된 개인주의가 팽배한 사회는 야금야금 이기(利己)로 물들어간다. 그만큼 전체에게 여분으로 주어져야 할 공공의 영역이 자리잡을 기회는 줄어든다. 공동체적 사고나 사상의 다양성에 대한 포용력은 사그라들고 타인에 대한 배려보다 내가 먼저라는 독선이 우선한다.

드물기는 하지만 현실과 타협하기를 거부한, 대의를 위해 자신의 신념과 주관을 굽히지 않고 살아가는 사람들은 이런 말을 다반사로 들었으리라.

"넌 왜 그렇게 사니?" "그래서 남는 게 뭔데?" "니 앞가림이나 잘해."

짧은 한마디 한마디지만 시사하는 바는 크다. 개인의 영달보다 대의를 우선시하는 사람들에게 몰아치는 대가가 얼마나 혹독한지를 보여주는 단면이다. 자신의 주관을 굽히지 않고 맞선다는 이유로 불합리한 불이익을 당하는 동료가 손을 내밀어도 강자의 눈치를 살피며 홀로 감내하도록 눈을 감는다. 정당한 주장이 설 자리를 잃고 사회로부터 외면당하는 현실을 당연시 여기는 부끄러운 자화상이다.

우리보다 나만이라는 말이 판치는 세상이다. 이기가 팽배하면 공동체와 공동체, 개인과 개인 사이의 공백을 메워주는 선순환의 연결고리는 끊어지고 불신의 벽이 쌓인다. 그리고 탐욕의 결과물을 지키기 위해 스스로 설정한 영역에 자신을 가두는 고립의 길로 들어선다. 이런 사회에서 타인에 대한 배려는 사치다. 서로가 억척스럽게 쌓아올린 벽에 갇혀 나만을 끌어안고 살기 때문에 공존은 꿈도 못꾼다.

경계라는 단어가 있다. 사전적으로는 사물이 어떠한 기준에 의하여 분리되는 한계, 지역과 지역이 구분되는 한계, 뜻밖의 사고가 생기지 않도록 조심하여 단속함, 그릇된 일을 타일러서 주의하게 함, 적의 침입을 막기 위하여 살피면서 지킴 등 여러가지 의미를 지닌다.

어떤 의미든 경계라는 단어가 지니는 공통점 하나는 타인을 배척하는 본질이 저변에 깔려있다는 점이다. 피아를 구분하여 각자의 영역을 주장하는 선을 긋고 함부로 넘어오지 말라고 으름장을 놓는 배타적인 보호막인 동시에 자신을 가두는 굴레이기도 하다.

경계가 강력하면 벽이 생긴다. 서로가 공유하며 소통하는 공간은 사라진다. 승자와 패자라는 이분법으로 인간과 인간 사이를 갈라친다. 경계(境界)를 경계(警戒)해야 하는 이유다.

지금 내가 서 있는 곳도 차도와 인도 사이 즉, 경계다. 경계석이라는 차가운 돌이 인도와 차도를 구분짓는다. '여기가 경계이니 함부로 넘어서지 마'하며 길을 막는다. 돌아서면 우뚝 솟은 견고한 회색 담벼락이 뒤에 숨어있는 아파트단지에 눈길도 보내지 못하도록 막아섰다. 언제 어디에 있어도 눈에 보이는 경계와 눈에 보이지 않는 벽이 나를 가둔다. 가끔은 사위를 막아선 벽의 그림자에 짓눌린 내가 안쓰러워 속박에서 벗어나려고 발버둥치지만 쉽사리 경계를 넘어서지 못한다.

또 한번 신호가 바뀌었다. 이번에도 선뜻 발을 내딛지 못했다. 차도 위 신호등에선 노란색이 깜박인다. 공유하는 공간을 비우는 배려의 시간이다. 파랑과 빨강 사이에서 짧은 시간 동안 외롭게 깜박이는 노란 신호등을 바라보며 배려와 공존의 의미를 눈으로 배운다.

1분 40초 전

　지구가 고통을 참지 못하고 끙끙 앓는 거친 숨을 토해낸다. 한쪽에서는 폭염이 기승을 부리고 한쪽에서는 폭우가 마을을 휩쓸어간다. 반대편에선 폭설과 강추위가 맹위를 떨친다. 어느 한 지역에 국한된 이야기가 아니다. 세계의 구석구석 여기저기서 전에는 볼 수 없던 재앙이 몰아친다. 모두 지구의 애끓는 몸부림이다. 오래 전부터 예견된 일이고, 경고의 메시지도 있었지만 나와는 상관 없다고 무시한 결과다.

　쇠가 물을 만나면 녹슨다. 유기물은 생명이 다하면 썩는다. 나무에 열을 가하면 타오른다. 화약은 압력을 받으면 폭발한다. 모두 산화라는 물질이 산소와 결합하는 동일한 과정이다. 얼마나 빠르게 결합하고 전파되느냐에 따라 다른 현상으로 보여질 뿐이다. 이런 동일하지만 각기 다른 다양한 현상 중에 오래 전부터 인류를 지배해 온 화학작용 하나가 있다. 열과 빛을 방출하는 연소, 즉 불이다.

　원시인류가 불을 사용하며 모든 생활상에 놀라운 변화를 불러왔다. 추위를 피해 이동할 필요가 없어졌고 짐승의 공격을 피하거나 사냥하는 데도 불은 요긴하게 쓰였다. 처음에는 자연 발화된 불을 이용하였겠지만 시간이 지나며 인공으로 불을 얻는 방법도 터득하였다. 자연히 불을 이용하는 방법도 다양해졌다. 그저 난방을 하고 음식을 익혀 먹는 원시적 범주에서 벗어나 차차 그 범위를 넓혀갔다. 열을 이용하여 도구를 만들고 빛을 이용하여 조명을 밝혔다. 열과 빛을 용도에 따라 자유자재로 제어할 수 있게 되면서 불은 인류문명의 발전에 가속도를 더했고 그만큼 불의 사용량도 기하급수적으로 늘어났다.

제품이 나오려면 원료가 필요하고 원료는 원하는 제품에 알맞은 형태로 가공되어야 한다. 불도 마찬가지다. 열과 빛을 얻기 위해서는 연소할 수 있는 물질이 산소와 결합해야 한다.

인구가 늘어나고 문명이 발달하면서 불의 사용량도 눈에 띄게 증가하였다. 그만큼 필요한 연소물의 양도 늘어났다. 근세에 이르러 영악해진 인류는 좀 더 편리하게 지속적으로 대량의 열량을 뽑아낼 수 있는 화석연료라는 물질을 찾아냈다. 그리고 그 열을 이용하여 내일이면 쓰레기로 버려질 물건들을 쉼없이 만들고 버리고 또 만들기를 반복했다. 석탄과 석유로 대변되는 화석연료의 사용량이 기하급수적으로 증가하면서 한때는 자원이 고갈되는 암울한 미래를 걱정하는 시절도 있었다.

그러나 더 큰 문제는 다른 곳에서 나타났다. 화석연료는 산화하며 열과 빛뿐 아니라 이산화탄소라는 화합물도 뿜어냈다. 인류에게 필요한 불을 얻기 위하여 지하에서 화석연료가 줄어드는 만큼 대기에는 이산화탄소가 쌓여갔다. 무분별한 화석연료의 사용은 오존층을 교란하고 지구의 온난화라는 재앙을 불러들였다. 여기서 끝이 아니다. 이대로 간다면 부지불식간에 지구의 평균기온은 더 높아지고 지구의 생명체는 더 큰 재앙을 마주하게 될 것이다.

오늘도 열대야가 밤을 괴롭힌다. TV에선 지구 건너편에 있는 마을이 홍수에 통째로 휩쓸리는 참상을 보도하며 남의 일이 아니라고 야단이다. 전문가들은 지난 100년간 지구의 평균온도가 0.74도 올라간 결과이며 기온의 상승속도는 더 가팔라질 거라고 숫자까지 예시하며 위기의식을 부추킨다.

인류 종말의 시간은 11시 58분을 넘어섰다. 벼랑 끝이다. 한 걸음만 더가면 추락한다. 아니, 이미 추락하고 있는지도 모른다. 과학이 해결해 줄 수 있을 것이라는 허상에 매달려 추락이 아니라 날아오른다고 착각한 결과다. 재앙을 만나서야 날개가 없다는 것을 깨닫는 중이다.

화면을 통해서나마 재앙을 직시하는 잠시 동안은 모두가 지구의 앞 날, 아니 자기들의 미래를 걱정한다. 그러나 시간이 지나면 또 잊어버린다. 방금 전, '각성하고 행동해야지'했던 생각은 TV화면이 바뀌면 과거가 되어버린다. 창문을 열고 지내면 견딜만한 밤이건만 열대야란 이유로 실내 에어컨의 온도를 낮추는 일이 허다하다. 내 방의 온도를 낮추기 위해 다른 곳에선 불을 지펴야 하는 아이러니다. 화석연료의 위험성이 부각되며 세계 곳곳에서 탄소저감 운동이 일어나고 있다는 점은 그나마 다행이다.

자연은 건드리지 않으면 스스로 원상태로 복원되는 치유능력이 있다. 하지만 이미 망가진 지구는 상처가 너무 깊다. 스스로 회복하는 힘을 잃을 정도로 상처가 깊게 곪았다. 나무를 심고 자연을 되돌리는 녹색운동만으로는 부족한 지경에 이르렀다. 자연이 소화시키지 못하고 대기중에 축적되는 이산화탄소를 줄여야만 지구의 상처가 아물고 새살이 돋는다. 시간도 오래 걸릴 것이다. 그만큼 세심하고 광범위한 관심과 노력이 필요하다.

인간이 불 없이는 살 수가 없다. 현대인은 불을 이용하기 전 고대인류처럼 맨 몸으로 자연에 섞여들 만큼 충분히 강하지 못하다. 살아 남기 위해선 어디에선가 불을 지펴야 한다. 편리와 풍요를 가장하여 일상에 파고든 문명의 이기가 모두 불을 매개로 만들어졌기 때문이다.

불에는 필연적으로 열, 빛이라는 생산적 요소와 이산화탄소라는 파괴적 요소가 동반한다. 일단 불을 피우면 이로운 부분만 선택하여 사용할 수 있는 여지는 사라진다. 따라서 불의 부산물로 인한 파괴를 줄이려면 생산, 역설적이지만 소비를 줄여야 한다.

'당장 내가 사는 동안 지구가 멸망하겠어' '나 혼자 노력한다고 될 일이 아니잖아' '남들이 알아서 하겠지'하는 생각은 날려버리자. 늦었다고 생각하는 지금이 마지막 기회다. 우리의 과오를 뉘우치고 행동으로 지구에게 용서를 구하자. 그래야 후손들도 건강한 지구를 만날 수 있다.

한강을 가다

아라뱃길의 끝자락, 굴포천으로 이어지는 굽이를 돌아들자 수로의 제방에 막혀 답답하던 시야가 시원하게 트였다. 멀리 봄날의 따스한 햇살 아래 반짝이는 나비를 닮은 작은 요트들 너머로 한강갑문이 보인다. 마산항에서 선적한 화물을 당인리발전소까지 운송하는 길지는 않지만 그렇다고 쉽지도 않은 여정의 마무리 단계이다. 갑문을 통과하면 지금까지 예사로 다니던 바닷길이 아닌 한강이라는 낯선 길이다.

경험하지 못한 생소한 미래를 마주하여 자연스레 생겨나는 미지에 대한 기대와 설렘, 그리고 어렴풋이 스며드는 약간의 두려움. 상반되게 뒤섞인 감정을 애써 추스르며 갑문 안으로 들어섰다. 안벽에 홋줄이 매이니 선미 쪽 갑문이 닫혔다. 이제 앞과 뒤는 육중한 철문이 막아섰다. 양 옆은 콘크리트 장벽이다. 선수의 갑문이 열려야 앞이 보이고 길이 트인다.

직장을 그만두고 시작한 사업이 점점 어려워지며 지속적으로 찾아들던 시련을 견디다 못해 모든 것을 포기하고 '배를 타면 좀 나아지겠지'하는 막연한 기대를 가지고 다시 바다로 돌아온지 벌써 수년이 흘렀다. 점점 기울어가는 사업의 내리막을 따라 한

163

발 두 발 멀어져 간 친구들, 동료들. 그리고 뜨막해지는 만남만큼이나 소원해진 형제, 친지들. 손을 내밀어도 잡아주는 이 하나 없는 낯선 사막에 홀로 떨어진 것 같은 막막한 현실과 마주하던 시기였다. 얽히고설킨 가시넝쿨처럼 앞을 가로막고 발길을 옭아매는 굴레에서 벗어나기 위해 막다른 심정으로 선택한 길, 쉽지 않은 결정이었기에 일상에만 매진하고자 '배를 다는 동안만이라도 지난 일은 잊고 지내자.'고 수없이 다짐했건만 속 마음은 생각처럼 따라주지 않는 시간들이었다.

지난날의 아픔을 아예 잊고 살기엔 너무 깊은 상처로 남아있었다. 그러나 시간은 아무리 골 깊은 상처도 서서히 아물게 해주는 마력을 지녔다. 그 때문일까? 실패를 기억하는 것은 스스로를 옭아매는 굴레일 수도 있지만, 마음먹기에 따라 새로운 미래를 개척하는 힘이 되기도 한다는 말이 새로이 와 닿는다. 과거를 있는 그대로 받아들이고 미련과 집착을 털어버리니 조금씩 여유도 되찾고 새로운 희망이 얼핏 얼핏 눈에 들어 오기도 한다. 모든 의욕을 상실한 채 병실에 누워 창문 너머로 마지막 잎새만을 바라보는 존시의 애처롭고 암울한 고통을 나 자신도 같이 겪고 있었기에 과거에는 보이지 않던 베어먼 노인의 침묵 속에 감추어진 삶의 의미와 인간애를 이제서야 조금이나마 이해할 것 같다.

도크에 물이 채워지고 한강의 물 높이 만큼 수위가 올라가자 수문을 잠그고 있던 걸쇠가 풀어지는 금속성 굉음이 울렸다. 서서히 갑문이 열리기 시작한다. 점점 간격이 벌어지는 갑문 사이로 멀리 북한산의 웅장한 모습이 먼저 눈에 들고, 눈앞에는 조용히 흐르는 한강이 보인다. 이제부터 가야 할 새로운 길이다.

갑문을 나와 행주산성을 옆에 끼고 한강을 거슬러 오르니 방화대교 너머로 서울의 모습이 한눈에 담긴다. 한강을 가로지르는 수많은 다리, 하나를 지나면 숨 돌릴 겨를도 없이 또 다른 막아서는 다리들이 지난날 마주하던 고난을 연상시킨다. 좁은 교각 사이를 무탈하게 통과하려니 온몸의 신경이 곤두서지만 하나하나 지날 때마다 서울의 모습은 더 가까이, 더 선명하게 다가온다.

해질녘이 되어 마포 당인리발전소 앞 목적지에 다다랐다. 여의도를 빗보며 밤섬 아래쪽에 닻을 내렸다. 처음 걸어온 낯선 길, 쉼 없이 꼬리를 물고 다가서는 장애물. 어느 한 순간도 긴장을 풀 수 없었던 시간이었다. 이제야 여유로운 마음으로 다시 한번 주위를 둘러보았다. 서울의 중심, 한강 한가운데 내가 서 있다.

이번 항해는 하나를 견뎌내면 또 다른 고난 앞에 팍팍해야만 했던 지난 시절의 내 삶과 왜 이리 닮았을까. 부질없는 생각에 피식 쓴웃음이 절로 배어난다. 꼭 집어 말할 수는 없지만 무언가를 빠트린 것 같은 아쉬운 마음에 선미로 나가 노을에 물드는 강물에 항적으로 남아있는 지나온 여정을 되돌아보았다. 긴 시간 동안 흐트러진 채 희미해져 보이지 않던 내 삶의 이유가 지워지지 않고 강물을 따라 흐른다.

한강을 오르며 새겨진 항적이 흐르는 물결에 자취를 감추듯 힘들었던 과거가 드리운 어두운 그림자는 말끔히 사라지고 긴 시간 동안 잊혀진 채 멀어져간 모든 것들이 제자리로 돌아와 하나둘 밝혀지는 강변의 가로등처럼 새로운 빛으로 비추기를 희망하며 노을지는 강물에 과거를 띄워보낸다.

-끝-

응원의 한마디

국어사전에 '항해'를 '배를 타고 바다 위를 다님', '어떤 목표를 향하여 나아감 또는 그런 과정을 비유적으로 이르는 말'이라고 정의하듯 많은 사람들은 인생을 항해라 표현하기를 좋아한다.

인생은 작은 물방울이 모여 저 넓은 바다가 되고, 작은 결심으로 시작하여 큰 목표를 이루게 되는 것. 그 인생의 괘적을 그리는 것이 항해일지라 말하고 싶다

그저 단편적인 추억에서 벗어나 어찌 보면 작은 일상이지만 글로 지어내고 마음으로 그려낸 친우 용탁의 발상과 결실에 존경을 표하며, 바다를 바라보기만 하고 항해를 추억으로만 기억하는 착한 (善) 바다(海)가…

2022년 4월 6일

김선해